BESTSELLER

Jacinto Rey nació en Vigo en 1972. Estudió la carrera de ciencias económicas entre España e Inglaterra y ha trabajado durante los últimos años para diversas empresas multinacionales en Alemania y Suiza. Políglota y viajero impenitente, en la actualidad reside en Francia. Su primera novela, *El cirujano de las Indias*, publicada en el año 2007, mostraba la cara y la cruz de la colonización española en América del Sur. En el año 2009 realiza su primera incursión en el género policiaco con *El último cliente,* que inaugura la serie dedicada a la inspectora holandesa Cristina Molen y cuya segunda entrega, *El hombre de El Cairo*, vio la luz en el año 2011. *Dile a Marie que la quiero* (2016) es su sexta novela.

Para más información, visita la página web del autor: www.jacintorey.com

Biblioteca

JACINTO REY

Dile a Marie que la quiero

DEBOLS!LLO

Primera edición en Debolsillo: julio de 2017

© 2016, Jacinto Rey
© 2016, 2017, Penguin Random House Grupo Editorial, S. A. U.
Travessera de Gràcia, 47-49. 08021 Barcelona

Printed in Spain – Impreso en España

ISBN: 978-84-663-4121-9 (vol. 1196/1)
Depósito legal: B-11.988-2017

Impreso en Novoprint
Sant Andreu de la Barca (Barcelona)

P 3 4 1 2 1 9

Penguin
Random House
Grupo Editorial

A mi hijo Diego, lo que más quiero en este mundo.
In memoriam Anja Schaul (1937-1944)

Primera parte

1

Aix-en-Provence, agosto de 1944

El día que iba a cambiar irremediablemente la vida de Paul Chevalier amaneció con un olor a ceniza amarga.

La amenaza de ser detenido por la Gestapo había desarrollado en él una intuición acerada. El olor a ceniza le indicaba que algo iba a suceder; y muy pronto. Sin embargo, desde que Paul se había embarcado en su guerra particular, todos los días ocurría *algo*. ¿Cómo interpretar, entonces, esa señal?

Miró hacia la puerta del café y comprobó que todo estaba en orden. Tras el desembarco de los aliados en Normandía unas semanas atrás, ni siquiera los colaboracionistas dudaban de la derrota de Hitler. La ocupación alemana estaba tocando a su fin, pero Paul no podía bajar la guardia. No ahora.

En el gramófono del café sonaba la melodía *Nuages*, interpretada por Django Reinhardt, que le hizo recordar los veranos que habían precedido a la guerra, el aroma de la lavanda, el sonido de las cigarras en la penumbra de la siesta. Cuando el conflicto hubiese terminado sería difícil acostumbrarse a una vida sin insignias nazis ni cartillas de racionamiento; sin el repicar de las suelas de madera en los callejones oscuros.

Sentada a su lado, Mathilde fumaba un cigarrillo sin tragar el humo. La luz del sol se reflejaba en sus cabellos, acentuando la palidez de su rostro. Tenía la mirada ausente, como si sus pensamientos estuvieran en otro lugar.

Paul le había pedido que se reuniera con él esa tarde, aunque sabía que no podía confiar en ella. Temiendo una trampa, llevaba en el bolsillo una pistola Walther, antigua pertenencia de un soldado alemán abatido durante una emboscada. Conocía las prácticas de tortura de la Milice, el grupo paramilitar creado por Vichy para emular a la Gestapo. Llegado el caso, vendería cara su piel.

Un hombre entró en el café. Su mandíbula apretada y su mirada vidriosa hicieron comprender a Paul que algo iba mal. Instantes después hizo su aparición el miliciano Vancelle.

Sorprendido por su presencia, Paul empezó a disparar hacia los recién llegados. Los dos hombres respondieron con prontitud, convirtiendo el café en un bosque de gritos y cristales que obligó a los clientes a buscar refugio bajo las mesas. Paul sintió un fuerte dolor en el brazo derecho y cayó al suelo.

El tiroteo había cesado...

Se levantó con dificultad y observó el cadáver del hombre que acompañaba a Vancelle, pero no vio al miliciano por ningún lado.

Entonces reparó en Mathilde. Tenía la cabeza apoyada sobre la mesa de mármol y de su boca manaba un hilo de sangre. Le bastó una ojeada para saber que no podría hacer nada por ella. Mathilde movió un brazo con dificultad, sacó una fotografía del bolsillo y susurró:

—Dile a Marie que la quiero.

Paul acarició sus cabellos, guardó el retrato de la niña y besó el rostro de Mathilde. A partir de ese momento, nada volvería a ser como antes.

2

Berlín, 1938

Mathilde Friedberg observó la acera nevada desde la ventana. En las últimas noches apenas había dormido, por temor a que las tropas de la Sturmabteilung detuviesen a su marido. Las SA habían instigado los disturbios de la Noche de los Cristales Rotos, durante los cuales habían ardido sinagogas y comercios. Los escaparates destrozados habían inundado las aceras de Berlín y miles de ciudadanos judíos habían sido deportados a campos de concentración.

Mathilde Friedberg pertenecía a una familia aristocrática cristiana de la Baja Sajonia, cuyos orígenes podían documentarse hasta el siglo XI. Un antepasado suyo había participado en la Primera Cruzada, atendiendo a la llamada del emperador bizantino Alexios I; otro había sido consejero de Enrique VII, coronado emperador germánico en 1438. A ojos del barón Von Eisler, su hija Mathilde había echado por tierra ocho siglos de historia al casarse con un judío.

Su matrimonio con Erik Friedberg tuvo lugar unos meses antes de que entrase en vigor la «ley para la protección de la sangre y el honor alemán», que prohibía los matrimonios y relaciones extramaritales entre judíos y arios. Una ley posterior había retirado a las personas de origen judío la ciudadanía alemana, el derecho al voto y el ejercicio de cualquier cargo público. Los judíos no podían trabajar como abogados, médicos o periodistas y tenían prohibida la entrada en los hospitales públicos.

Nacida en Berlín y bautizada con agua del río Spree, Mathilde no deseaba vivir en ningún otro lugar del mundo. No obstante, la situación se había vuelto insostenible en Alemania en los últimos años. Y todavía podía empeorar.

Un tercio de los judíos alemanes había abandonado el país desde el nombramiento de Hitler como canciller. A pesar de la discriminación contra los judíos, del terror que reinaba en la capital, Erik se resistía a abandonar Berlín. Tal vez la noticia que Mathilde tenía que darle le hiciese cambiar de opinión.

Observó su reflejo en la ventana. Llevaba el pelo cortado a la altura de la nuca, como durante la adolescencia, y su piel ofrecía un brillo ceniciento en la penumbra del cuarto. Sus rasgos le recordaban un poco a los de su bisabuela Hannelore, cuyo retrato lucía en la mansión familiar de Französische Strasse, que Mathilde no había vuelto a pisar desde el día en el que informó a sus padres de su intención de casarse con Erik.

Se apartó de la ventana y acarició el teclado de su máquina de escribir Underwood. Era un viejo modelo de finales del siglo anterior y, a diferencia de otras máquinas más modernas, no permitía integrar un cartucho de dos colores. Mathilde la había comprado en un mercadillo, con el anticipo recibido por su primera novela.

Sobre la mesa se encontraba el manuscrito, recién terminado, de su cuarta novela infantil. Igual que las anteriores, estaba centrada en las peripecias del loro detective Hermann, y confiaba en que tuviese una buena acogida. Erik llevaba cinco años sin poder subir a un escenario y la única fuente de ingresos del matrimonio eran los libros de Mathilde.

La mujer escuchó unos pasos en la escalera y permaneció inmóvil. Llevaba varios días escribiendo a oscuras, para evitar que la luz se viese desde la calle. Circulaban historias atroces sobre lo sucedido en los últimos días: niños acuchillados mientras dormían, ancianos a los que las tropas de las SA habían empujado al suicidio, rabinos inmolados en el interior de sus sinagogas.

La puerta se abrió y Mathilde observó, aliviada, que se trataba de su marido. Erik iba todas las tardes a visitar a su padre, cuya salud había empeorado en los últimos meses, y se reunía después con otros actores desempleados en un café en la avenida Unter den Linden.

Erik sonrió con tristeza, mostrando una miríada de arrugas prematuras. Se quitó el abrigo, la misma prenda que llevaba el día en que había conocido a Mathilde, besó a su mujer en la mejilla y se sentó en un sillón, junto a una columna de libros de un metro de altura. Mathilde pensó en darle la noticia en ese momento, pero el aire taciturno de Erik le hizo dudar. Lo conocía bien y sabía que algo le inquietaba.

—¿Cómo está tu padre? —preguntó ella, al tiempo que apoyaba una mano en el hombro de su marido.

—Igual que siempre.

—Entonces, ¿qué es lo que te preocupa?

Erik acarició la mano de su mujer. Mathilde tenía un sexto sentido para leer sus estados de ánimo.

—Tenemos que mudarnos de este piso.

—¿Mudarnos? —preguntó ella—. ¿Por qué?

—Orden de la policía de Berlín. A partir del mes que viene los judíos tendremos vetado el acceso a esta calle. Y a muchas otras de la capital.

Mathilde se dio cuenta de que había dejado de nevar. Los nazis no se habían contentado con prohibir a los judíos su asistencia a las escuelas arias o con impedir la venta de sus periódicos. No se darían por satisfechos hasta que el último de ellos se hubiese marchado de Alemania.

—Las restricciones incluyen cines, cabarés, teatros y piscinas —añadió Erik—. Terminarán por encerrarnos en establos.

—No digas eso.

Mathilde acarició la mejilla de Erik con el dorso de la mano. A pesar de las privaciones y miserias de los últimos años, habían permanecido juntos. Decididamente, no era el mejor momento para darle la noticia. No quería que el recuerdo de ese momento se viese empañado por una sombra de tristeza.

—Nos mudaremos a otro apartamento —dijo Mathilde—. Si permanecemos juntos, no me importa dónde estemos.

Erik cogió las manos de su mujer y la miró a los ojos.

—No lo entiendes. Al estar casada conmigo recibirás el mismo trato que si fueses judía. —El rostro de Mathilde se tensó al oír sus palabras—. Si te divorcias de mí —prosiguió él— volverás a ser admitida en la comunidad racial alemana. Recuperarás todos tus derechos.

Mathilde apartó sus manos con brusquedad.

—Vámonos a Francia, Erik. Este ya no es nuestro país.

Mathilde había pasado varios veranos en París y, gracias a una institutriz de Clermont-Ferrand que había tenido de niña, hablaba perfectamente francés. Había apostado en el hipódromo de Longchamp, asistido a conciertos en la Salle Pleyel y comprado perfumes en la casa Caron. Podrían vivir en un lugar seguro, a salvo de la locura nazi.

—No puedo dejar solo a mi padre —dijo Erik—. Además, sin dinero no llegaremos muy lejos.

Mathilde pensó que quizá debería tragarse su orgullo y pedirle ayuda a su padre. El problema era que si Erik se enteraba, nunca se lo perdonaría.

—Con el dinero que reciba por mi novela podríamos irnos a París.

—¿De veras crees que, con los tiempos que corren, alguien va a comprar libros infantiles?

Erik se levantó y caminó hacia la ventana. Observó la calle en la que habían vivido durante los últimos años y que pronto tendría prohibido pisar. Mathilde lo siguió y se situó a su lado.

—Todo saldrá bien —afirmó ella.

Erik la besó en la frente, para evitar mirarla a los ojos. Ambos sabían que *nada* saldría bien.

3

El barón Von Eisler entró en el vestíbulo del Hotel Adlon con los ademanes de un hombre que habría podido adquirir ese establecimiento.

El hotel, el más lujoso de Berlín, estaba situado en Pariser Platz, en las inmediaciones de la Puerta de Brandeburgo y de las embajadas de Francia, Gran Bretaña y Estados Unidos. Frecuentado por numerosas celebridades alemanas y extranjeras, era también uno de los lugares favoritos de la jerarquía nazi.

El barón Von Eisler saludó a varias personas antes de sentarse, en solitario, en un sillón con vistas a la avenida Unter den Linden. Pidió un whisky Lagavulin de dieciséis años y mientras se recreaba en su sabor a humo y turba recordó un chiste que había oído contar a su chófer, sin saber que le escuchaba. El ministro del Interior, Hermann Goering, y el de Propaganda, Joseph Goebbels, morían e iban al infierno. Como castigo, Goering recibía mil uniformes, sin un espejo en el que poder admirarse; Goebbels recibía mil discursos, pero ningún micrófono para pronunciarlos.

Manfred von Eisler no se había afiliado al Partido Nacionalsocialista por convencimiento ni por oportunismo, sino para darle credibilidad a ese grupo de fanáticos. Su familia había gozado de riqueza y poder durante muchas generaciones y desconfiaba por naturaleza de toda persona que no pudiese documentar sus orígenes a lo largo de al menos dos siglos. De no ser por el apoyo del barón Von Eisler y de otras personalidades prominentes, el presidente Hindenburg nunca habría aceptado nombrar a Adolf Hitler canciller de Alemania.

Von Eisler se preguntaba si no había abierto una caja de Pandora apoyando a un hombre que creía en rituales arcanos y fantasías esotéricas. Tal vez Hitler no sería tan fácil de manipular como opinaban los Krupp, Thyssen y demás notables que lo habían llevado al poder.

Con sus rituales histriónicos y su obsesión por idolatrar al «cabo austriaco», los nazis eran un mal menor. Como una mayoría de alemanes, Manfred von Eisler no los había tomado en serio al principio. Sus proclamas rimbombantes y los gestos teatrales de su máximo dirigente parecían extraídos de un vodevil. Para su sorpresa, los nazis habían rescatado a la economía alemana del marasmo y alejado el fantasma del comunismo.

El barón vio acercarse a Maximilian Veidt con un portafolio negro en la mano. El editor llegaba puntual a la cita, pero parecía incómodo. Como director de Propaganda del Tercer Reich, Manfred von Eisler estaba acostumbrado a provocar esa sensación en los demás. Especialmente cuando invitaba a su interlocutor a reunirse con él sin explicarle el motivo.

El barón saludó al director de la editorial Schwarz y le pidió que se sentara. Von Eisler no dejaba nada al azar y antes de su cita había consultado los archivos de la Gestapo sobre Maximilian Veidt.

El editor había nacido en Viena y después de finalizar sus estudios de arquitectura se había trasladado a Berlín. A pesar de la hiperinflación y la difícil situación política, en los años veinte Berlín era una ciudad vibrante y llena de vida. Cuando un amigo le propuso fundar una editorial para publicar libros técnicos decidió unirse al proyecto. Tras el fallecimiento de su socio, Veidt había extendido el catálogo de la editorial a manuales escolares y publicaciones infantiles.

El editor era miembro del Partido Nazi aunque, según la Gestapo, albergaba sentimientos ambivalentes respecto a su ideología. Como empresario veía con buenos ojos el crecimiento económico de los últimos años. La censura impuesta por el ministro de Propaganda, Joseph Goebbels, era cada vez más férrea y el mejor negocio para una editorial se encontraba en los manuales escolares y los panfletos que las SA, SS y Juventudes Hitlerianas consumían en grandes cantidades. Para participar en ese negocio era preciso estar afiliado al Partido Nazi y encontrarse en buenos términos con algunas personalidades importantes. Especialmente con el barón Von Eisler.

Maximilian Veidt pidió un whisky para acompañar al director de Propaganda y conversaron sobre la reciente anexión de Austria por el Reich alemán.

El barón Von Eisler bebió un trago de whisky y chasqueó la lengua para impregnarse de su acidez. Permaneció unos instantes en silencio con el fin de obtener la completa atención de su interlocutor.

—El Ministerio de Propaganda desea imprimir quinientos mil ejemplares de *Mein Kampf* —dijo finalmente—. ¿Estaría usted interesado?

—Sería un honor publicar la obra de nuestro *Führer*.

Von Eisler observó la Puerta de Brandeburgo desde la ventana. En su cumbre se encontraba la cuadriga guiada por la diosa romana Victoria, que Napoleón había llevado a París después de la derrota prusiana en

Jena y que los alemanes habían recuperado tras la abdicación del emperador en 1814.

—¿Cuál es su línea editorial? —preguntó, aunque conocía perfectamente la respuesta.

—Publicamos libros infantiles y manuales escolares. Nuestra especialidad son las obras de contenido técnico.

—¿Figura Mathilde Friedberg entre sus autores?

El hombre lo miró en silencio, sorprendido de que el director de Propaganda poseyera esa información.

—Así es. ¿La conoce?

Von Eisler depositó el vaso de whisky sobre la mesa y se inclinó ligeramente hacia el editor.

—Mathilde Friedberg es mi hija.

4

Joel Friedberg puso agua al fuego para hacer un té. La artrosis, que le obligaba a caminar con muletas, dificultaba cada vez más sus movimientos. Casi todos los médicos judíos habían emigrado de Alemania y sus homólogos arios tenían prohibido tratar a los hebreos.

El suegro de Mathilde vivía en Littenstrasse, en un bloque de apartamentos que se había convertido con los años en un gueto. Joel Friedberg había ejercido como abogado en Berlín hasta que, un día de julio de 1933, las tropas de las SA entraron en magistratura y expulsaron a todos los letrados de origen judío.

A raíz de su expulsión Joel Friedberg pensó en marcharse de Alemania, como hicieron muchos de sus colegas, pero fue retrasando día tras día su partida. Cuando finalmente decidió hacerlo, su estado de salud se lo impidió.

El apartamento olía al linimento casero, a base de pétalos de manzanilla y aceite de oliva, que Joel Friedberg utilizaba para combatir la artrosis. Su único consuelo era que su esposa no había visto su caída en desgracia ni experimentado las continuas vejaciones a los judíos desde el nombramiento de Hitler como canciller.

Lil Stephanus, fallecida en 1931, había sido una de las grandes actrices dramáticas en el Deutsches Theater. Max Reinhardt, la figura central del teatro alemán a principios del siglo xx, la había descubierto durante una representación de *Macbeth* en un pequeño teatro de Spandau. Desde aquel día la actriz se convirtió en una de las divas del Deutsches Theater y empezó a actuar en roles secundarios en películas de Robert Wiene y Fritz Lang.

Cuando la conoció, Joel Friedberg acababa de establecerse como abogado y se enamoraron casi a primera vista. Durante años fueron una de las parejas más envidiadas de Berlín. Obtenían las mejores mesas en los restaurantes y la actriz era tratada como una celebridad por sus numerosos admiradores. Después del nacimiento de sus dos hijos, Gabriel y Erik, Lil Stephanus regresó a los escenarios y alcanzó unas cotas de popularidad todavía mayores. Un cáncer acabó con su vida a los cuarenta y cinco años, cuando se encontraba en la cima de su carrera.

Joel Friedberg oyó que llamaban a la puerta. Erik no solía ir a verlo por las mañanas y nunca recibía otras visitas. Caminó hacia la entrada, ayudándose de las muletas, y comprobó que se trataba de Mathilde.

—¿A qué se debe tan agradable sorpresa?

Su nuera lo besó en la mejilla y entró en el apartamento. A pesar de los dolores que le impedían dormir y de que su pensión había sido denegada, el padre de Erik siempre tenía una sonrisa para ella.

—Iba hacia la editorial y decidí hacerte una visita.

Su suegro la miró con curiosidad. Mathilde iba a visitarlo frecuentemente, pero siempre en compañía de Erik.

—Estaba hirviendo agua. ¿Quieres un té?

—Yo me encargo de hacerlo.

Mathilde fue a la cocina y vertió en una tetera el agua que empezaba a hervir. Regresó con ella en una bandeja y la dejó encima de la mesa.

—¿No vas a contarme por qué has venido a verme?

Mathilde observó que su suegro estaba sentado en la misma silla que cuando lo había conocido. Aquel día, Joel Friedberg llevaba un traje oscuro y olía fuertemente a colonia. Aunque su aspecto severo la intimidó al principio, Mathilde se había emocionado ante su calurosa felicitación cuando le informaron de su deseo de contraer matrimonio. Ojalá sus padres hubiesen reaccionado de la misma forma.

—Tengo tanto miedo que soy incapaz de dormir —confesó Mathilde—. La situación de los judíos se ha vuelto insostenible.

—Y quieres que convenza a Erik de que os marchéis de Alemania...

Joel Friedberg se levantó con dificultad y cogió un retrato del aparador. En él se veía a Erik junto a su hermano Gabriel, que había emigrado en 1933 a Noruega, donde ejercía como médico. Erik era lo único que le quedaba en Berlín.

5

Mathilde esperó pacientemente en la sala de reuniones de la editorial Schwarz. Cuando publicó su primera novela la editorial era un lugar lleno de animación. Cuatro años después, a imagen del cambio experimentado por Berlín, en sus oficinas reinaba un silencio de mausoleo.

La secretaria de Maximilian Veidt abrió la puerta y guio a Mathilde hasta el despacho del editor. Este llevaba un monóculo en el ojo derecho y un pañuelo rojo en la chaqueta del traje, a juego con la insignia del Partido Nazi que adornaba su solapa.

Mathilde se sentó en el borde de la silla, con las rodillas muy juntas. Sobre la mesa había un retrato de Adolf Hitler y los cuadros expresionistas que colgaban de las paredes durante su anterior visita habían sido reemplazados por fotografías del Estadio Olímpico durante una manifestación nazi.

Maximilian Veidt la recibió con la amabilidad de siempre y charlaron durante unos instantes sobre la transformación experimentada por Berlín en los últimos años. Mathilde observó que el editor tenía un aspecto más envarado que durante su último encuentro. Le había llamado por teléfono una semana antes, para informarle de que tenía lista la nueva entrega del loro Hermann, y Maximilian Veidt le invitó a pasar por la editorial para charlar sobre su publicación.

—¿Has preparado un borrador del contrato? —preguntó Mathilde tras depositar el manuscrito sobre la mesa.

El editor se sacó el monóculo y lanzó una ojeada hacia el lugar de la estantería que años atrás habían ocupado las obras de su admirado Sigmund Freud.

—Me temo que no puedo publicar tu novela.

Mathilde se mostró decepcionada, aunque no del todo sorprendida. El hecho de que su marido fuese judío no había impedido la publicación de sus obras anteriores, pero el clima de antisemitismo se había vuelto aún más extremo.

Ante el silencio de Mathilde, el editor se limpió la frente con un pañuelo y prosiguió:

—Ninguna de tus novelas ha sido un éxito de ventas. Si estalla la guerra, nadie comprará libros infantiles.

El silencio de Mathilde hacía las cosas aún más difíciles para Veidt. Había pasado todo el fin de semana reflexionando sobre la proposición del barón Von Eisler y el dilema que encerraba: ser fiel a sus ideales o vender su alma al diablo. ¿Cuánto quedaba en él del hombre que ambicionaba cambiar el mundo y que consideraba la literatura un arma para conseguirlo?

Si los negocios hubiesen marchado bien habría podido permitirse otra postura. Desgraciadamente, los libros se acumulaban en el almacén y los proveedores habían dejado de concederle crédito. La editorial se encontraba al borde de la quiebra. Si no aceptaba la condición impuesta por el barón acabaría en la ruina.

Maximilian Veidt tenía miedo al deshonor, pero temía aún más a la miseria. No se sentía con fuerzas para crear otro negocio, y mucho menos para enfrentarse a uno de los hombres más poderosos del régimen. Especialmente cuando había un sustancioso contrato en juego.

Mathilde recogió el manuscrito de su novela y se dirigió hacia la puerta.

—Nunca olvidaré lo que has hecho por mí en los últimos años —le dijo al editor—. Siempre te estaré agradecida.

Maximilian Veidt tragó saliva con dificultad y caminó hacia ella.

—Prueba en otra editorial —balbuceó—. Lo siento de veras.

Mathilde estrechó la mano de Veidt y abandonó su despacho. ¿De dónde iban a sacar el dinero para marcharse a París?

6

Provenza

La piedra lanzada por Paul Chevalier se alejó rebotando sobre la superficie del río, dejando una estela de anillos a su paso.

El lugar apenas había cambiado desde el accidente, aunque una tormenta había alterado ligeramente el curso del río y derribado varios árboles en sus márgenes. Una década atrás, Paul había acudido a ese lugar con su hermano para cazar ranas. Entonces tenía ocho años, uno más que su hermano. Aunque ninguno de los dos sabía nadar, se habían aventurado en el agua para alcanzar a una rana. Su hermano había resbalado sobre una piedra y perdido pie. Se mantuvo a flote durante unos instantes y Paul lo contempló, paralizado, hasta que un remolino acabó por arrastrarlo. El cadáver de su hermano fue descubierto al día siguiente, varios kilómetros río abajo.

Ya antes del accidente Paul había sido un niño callado. De pequeño le gustaba observarlo todo y no empezó a articular frases comprensibles hasta los seis años. La desaparición de su hermano lo volvió aún más introvertido y pareció atraer la desgracia sobre la familia: unos meses después, una epidemia de gripe se llevaría a su madre.

El padre de Paul, originario de un pueblo de Saboya, había sido movilizado en 1914. Durante la tercera batalla de Ypres, un ataque alemán con gas mostaza le destrozó un pulmón y lo dejó temporalmente ciego. Al acabar la guerra, con su salud muy mermada, Arnaud Chevalier encontró empleo en las cocinas del buque *Auxerre* y realizó numerosas veces la singladura entre Marsella y Argel. Debido a su buena mano con los condimentos dejó pronto de fregar los suelos para convertirse en ayudante del cocinero, un suizo gordinflón que aseguraba que la ceniza de sus cigarros era el ingrediente que volvía sus platos irresistibles.

Aunque el trabajo le gustaba, el aire cerrado de la cocina ponía a dura prueba su único pulmón, así que el padre de Paul decidió establecerse en Provenza, donde encontró un empleo en una granja dedicada al cultivo de la lavanda. Allí empezó a cortejar a la hija de los propietarios hasta que, en parte debido a la oposición de sus padres, la muchacha acabó enamorándose de él.

Después de la boda, Arnaud Chevalier fue aceptado por la familia y aprendió los secretos del cultivo de la lavanda, atesorados durante generaciones. El trigo y el maíz eran los principales cultivos de la región y los campesinos habían plantado tradicionalmente la lavanda como un complemento a los cereales. Después de la cosecha, vendían los granos de lavanda a un intermediario que extraía su esencia y la distribuía a los perfumeros de Grasse, una localidad que desde el siglo XVIII se había enriquecido con la fabricación de perfumes.

Paul lanzó otra piedra que, como la anterior, se alejó rebotando sobre la superficie del río. Había dejado de ir a la escuela a los trece años para ayudar a su padre en la granja. Su mayor pasión, sin embargo, era la caza. Conocía los montes cercanos como la palma de su mano y pasaba en ellos jornadas enteras, completamente solo.

Sintió una vibración en el aire y, con hábito de cazador, reparó en que alguien se acercaba. No quería que lo viesen en el lugar donde se había ahogado su hermano y se escondió tras un arbusto. Segundos después vio aparecer a Sophie, la hija de El *Boche*, a quien todos llamaban así por ser originario de Alsacia, una región de fuertes vínculos con Alemania. La muchacha llevaba una tinaja con ropa sobre la cabeza y caminaba muy erguida. Al llegar a la orilla, dejó la tina sobre las piedras y empezó a extender la ropa junto al agua.

El hermano de Sophie había protagonizado numerosas peleas con Paul en el colegio, pero la enemistad entre las dos familias venía de mucho antes. El padre de Paul había comprado unas tierras cerca de la granja de El *Boche* que este deseaba también adquirir. Cuando el padre de Paul plantó lavanda en ellas, un incendio arrasó los campos. Aunque nadie vio nada, muchos vecinos pensaron que el fuego había sido obra de El *Boche*. Unos días después del incidente, los dos hombres tuvieron una violenta discusión en el café del pueblo y de no ser por la intercesión de varios vecinos, habrían acabado despedazándose.

Paul no sabía qué versión creer, pero recordaba que el padre de Sophie siempre había tenido muy malas pulgas. De niño, Paul había entrado en su propiedad para robar ciruelas y El *Boche* le había disparado con perdigón sin previo aviso. Afortunadamente, había fallado el tiro.

Paul miró a la muchacha mientras lavaba la ropa. Observó sus pechos firmes y las gotas de sudor que caían por su cuello bronceado y se preguntó qué había sido de la niña pálida y frágil que recordaba.

Cuando terminó de lavar la ropa, Sophie se sentó junto a la orilla. Miró hacia los lados y, creyendo que nadie la observaba, se quitó la blusa y vertió agua sobre sus pechos.

Paul la observó sin pestañear. Al inclinarse para tener un mejor ángulo de visión, una de las ramas del arbusto emitió un crujido. Instintivamente, Sophie se tapó con la blusa y miró hacia el arbusto. Paul se giró para marcharse, pero una piedra le golpeó en la cara antes de que pudiese hacerlo. Sophie parecía haber heredado las malas pulgas de su padre.

7

Sophie acarició las orejas del ternero. La madre había muerto durante el parto y llevaba dos semanas alimentándolo con una regadera llena de leche. La carne de un ternero joven y su estómago, que contenía una sustancia que permitía coagular la leche para convertirla en queso, se vendían a buen precio, pero Sophie le había suplicado a su padre que no sacrificase al animal. Por el momento, este le había hecho caso.

El ternero lamió la mano de Sophie. Su parto había sido el más difícil al que había asistido. El animal había sacado las patas traseras en primer lugar y Sophie tuvo que empujarlo para que corrigiese su posición; a continuación ató una cuerda a sus extremidades y tiró de él. La madre murió horas después, pero el ternero pudo mamar algo del calostro producido después del parto. Tal vez sobreviviese; o tal vez no.

Acarició el hocico del ternero y cerró la valla del establo. La granja había llegado a tener diez vacas, tras el fallecimiento de la madre del ternero, solo les quedaban dos. Su padre las había ido vendiendo en los últimos meses, pues pensaba que, si la guerra llegaba, sería más fácil proteger el dinero que los animales de la avidez de los soldados.

Sophie cogió el recipiente con la leche que había ordeñado esa mañana y se dirigió a la casa. Al salir del establo, vio a Paul Chevalier sentado en la valla que rodeaba la granja. Llevaba allí una hora y, si no se marchaba, corría el riesgo de que su padre le disparase con la escopeta. Dejó sobre la hierba el recipiente con la leche recién ordeñada y se acercó a él.

—¿Qué haces ahí?

Paul tardó en responder. No se le daba bien hablar, y todavía menos con las mujeres.

—He venido a disculparme.

Sophie lo observó. Era un joven atractivo, aunque demasiado solitario. La pedrada le había roto una ceja, pero la herida no parecía grave.

—No estaba espiándote en el río —añadió él—. Cuando llegaste, ya estaba allí.

Sophie se acordó del hermano de Paul, que se había ahogado unos años atrás en el vado. Aunque entonces era solo un niño, muchos vecinos le habían echado a Paul la culpa de lo sucedido.

—¿Te duele? —le preguntó Sophie, señalando hacia su ceja.

—Un poco, pero mereció la pena.

Sophie no pudo evitar sonreír, enseñando una dentadura muy blanca.

—Por si acaso, no vuelvas a espiarme. Y ahora será mejor que te marches, no sea que mi padre te vea.

Paul recordó el día en que había entrado a robar ciruelas y pensó que sería mejor hacerle caso. Mientras saltaba de la valla, vio que el hermano de Sophie se aproximaba. Henri no tenía cara de buenos amigos, pero Paul decidió esperarlo para que no pensara que tenía miedo.

Sin intercambiar una palabra, Henri le propinó a Paul un puñetazo en la cara. Este se incorporó para devolver el golpe, pero Sophie lo agarró del brazo para evitar una pelea.

—Si vuelves a acercarte a mi hermana —gritó Henri—, te juro que te mataré.

8

La hermana de El *Boche* dejó la fuente sobre la mesa y sirvió el asado en los platos. De luto permanente, la tía Charlotte contaba entre sus atribuciones cocinar, remendar la ropa e ir al mercado. Y nunca faltaba a la misa dominical.

Desde que la madre de Sophie había muerto, las comidas en la granja semejaban un funeral. El humor de su padre había empeorado todavía más y las conversaciones gravitaban, inevitablemente, en torno a las tareas del campo.

La familia comió en silencio. Desde hacía unos días, el ánimo que reinaba en la casa era especialmente sombrío. Henri acababa de alistarse como voluntario en el ejército. Lo que más disgustaba a su padre no era el riesgo de que lo matasen, pues sabía que todos los hombres sanos serían movilizados cuando empezase la guerra, sino el hecho de quedarse solo antes de tiempo, con dos mujeres, para atender las labores de la granja.

—Paul Chevalier ha estado merodeando por nuestras tierras —dijo Henri.

El *Boche* dejó caer el tenedor en el plato y se limpió la boca con la manga de la camisa.

—¿Qué buscaba?

—Pregúntaselo a Sophie.

La muchacha miró a su hermano. No entendía por qué este sentía tanto odio hacia Paul. Había pasado mucho tiempo desde que su padre compró aquellas tierras y entonces Henri no era más que un niño.

—Estaba buscando a su perro —mintió Sophie—. Quería saber si lo habíamos visto.

—No quiero que vuelvas a hablar con él —zanjó su padre.

—¿Por qué?

El *Boche* dio un puñetazo sobre la mesa.

—No quiero que hables con él y basta.

Sophie miró a la tía Charlotte. Esta era la única capaz de mediar a favor de ella durante las frecuentes discusiones con su padre, pero en esa ocasión tenía los ojos fijos en el plato.

9

Sophie hundió en el río la pastilla de jabón mientras entonaba la melodía de Lucienne Delyle, *En mi corazón*. Los pájaros cantaban a su alrededor y el agua brillaba con mil reflejos. Hacía un día tan espléndido que el duro trabajo, frotando y escurriendo la ropa, resultaba llevadero.

El verdadero motivo de su buen humor, sin embargo, era la inminencia de la marcha de Henri. En unos días partiría hacia La Valbonne, un campo de instrucción cercano a Lyon.

Sophie observó que Paul se acercaba por el camino del río. Aunque estaba contenta de verlo, tenía muy presente la amenaza de su padre. Paul se puso a su lado y, tras unos instantes de indecisión, intentó besarla. Sophie apartó la cabeza de él.

—¿Qué haces?

—No tienes que preocuparte por tu padre. Está sembrando un campo.

No era su padre quien le preocupaba, sino su hermano, pero Sophie decidió no decir nada.

—Iré a hablar con tu padre —añadió Paul.

—¿Qué?

—Hablaré con tu padre para pedirle que nos deje vernos.

—¿Estás loco?

Paul se dio la vuelta y, aunque Sophie le pidió que regresara, partió a buscar a El *Boche*. Se lo encontró en la huerta, sacando patatas de la tierra con una azada. Cuando vio a Paul, alzó la herramienta y la apoyó sobre su hombro, como si se aprestara a descargar un golpe.

—¿Qué quieres? —le preguntó El *Boche* con voz amenazadora.

—Vengo a pedirle que me deje ver a su hija.

El *Boche* se acercó a Paul y lo miró a los ojos.

—Escúchame bien, Chevalier, porque no voy a repetirlo. Voy a ir a casa a buscar mi escopeta. Si cuando vuelva sigues aquí, serás responsable de lo que suceda.

10

Berlín

Mathilde se sentó en la parada del tranvía y fijó su mirada en el mapa de la red de transportes de Berlín. Reichskanzlerplatz se había convertido en Adolf-Hitler-Platz; Schönhauser Tor en Horst-Wessel-Platz, en honor del activista nazi que Joseph Goebbels había convertido en héroe nacional tras su asesinato.

Observó en la lejanía el edificio donde vivía su suegro. La fachada estaba sucia y los desperdicios se acumulaban en las zonas comunales. Si no se marchaban de Alemania acabarían viviendo en un lugar así. Mathilde se odiaba por poner al padre de Erik ante una decisión tan difícil, pero no le quedaba otra alternativa. Tenían que huir de Alemania antes de que fuese demasiado tarde.

Se apeó del tranvía frente a las ruinas del Parlamento, destruido varios años atrás por un incendio provocado, según reveló la investigación oficial, por un comunista holandés y tres ciudadanos búlgaros afiliados al Comintern.

Se dirigió a pie en dirección a Französische Strasse y se detuvo frente a la mansión de su familia. Mathilde no había vuelto a ver a sus padres desde que les anunció su intención de casarse con Erik.

Observó el blasón familiar, situado en el gablete que coronaba la fachada. Su columpio, descolorido por el paso de los años, seguía colgado del roble centenario, como si hubiese estado jugando con él la tarde anterior.

Se acercó a la entrada de servicio y, con el corazón latiendo muy rápido, hizo sonar la campana. Gretchen, la criada bávara que la había vestido, alimentado y bañado durante toda su infancia, le abrió la puerta.

Los ojos de la mujer se nublaron de lágrimas y Mathilde sintió deseos de abrazarla, pero interrumpió su gesto al recordar una advertencia de su padre sobre el riesgo de confraternizar con la servidumbre. Gretchen, que acudía todos los años a la asamblea del Partido Nacionalsocialista en Núremberg, donde se coreaban proclamas antisemitas, le había dado a Mathilde el cariño que su madre, siempre ocupada en galas benéficas, no había sabido o querido darle.

—Tenía miedo de que hubieses vuelto a Garmisch, Gretchen.

El pelo de la criada se había encanecido y sus ojos habían perdido vivacidad. Parecía haber empequeñecido desde su último encuentro.

—Mi vida está aquí, señorita Mathilde, aunque nada es lo mismo desde que usted se fue. Todos la echamos de menos…, también su padre.

Mathilde no estaba tan segura. Al barón Von Eisler solo le preocupaba lo que sus amigos del partido opinasen de él. A su juicio, su hija lo había deshonrado casándose con un judío.

—Si hubiese sabido que iba a venir le habría preparado la tarta de frambuesas que tanto le gusta.

Mathilde hizo un esfuerzo por sonreír. Junto a Erik, Gretchen era la única persona que la había aceptado como realmente era.

—¿Están mis padres en casa?

—Su padre ya no viene al mediodía a comer, pero su madre está descansando en su habitación. Iré a avisarla.

Mathilde dudó unos instantes. La conversación con su suegro había avivado sus esperanzas de marcharse a París, y si el Tercer Reich perduraba los mil años que vaticinaban sus seguidores tardaría mucho tiempo en regresar a la mansión familiar.

Siguió a Gretchen hasta el salón y se sentó en el canapé de color mandarina, como solían hacer las numerosas visitas que recibía su madre. Todo estaba igual que unos años atrás: los muebles estilo Luis XV que sus padres habían comprado en un anticuario parisino, los retratos de sus antepasados guerreros y terratenientes, los cortinajes que habían permitido a Mathilde improvisar sus primeras obras teatrales. De las paredes colgaban las máscaras Yoruba, en madera y marfil, que su padre había traído de un viaje a las antiguas colonias alemanas en el África occidental.

Observó el cuadro que escenificaba la victoria de las tropas inglesas en Waterloo, sobre cuyos estandartes Mathilde había dibujado a los siete años, en un arrebato patriótico, los colores de la bandera prusiana. A continuación fijó la vista en el piano Steinway, decorado por Thomas y Maria Dewing, que constituía una réplica exacta del que se encontraba en la Casa Blanca en Washington.

En aquel salón habían actuado algunos de los mejores concertistas de Europa, en presencia de altas personalidades del mundo cultural, político y económico de Berlín. Cuando no se trataba de un recital, su madre organizaba galas benéficas para erradicar el paludismo en África o bautizar a niños en China.

Mathilde vio aparecer a su madre. Había engordado varios kilos y parecía diez años mayor. La baronesa se acercó a su hija y, tras unos instantes de indecisión, la abrazó.

—¿Cómo está papá? —le preguntó Mathilde.

—Muy ocupado, como siempre. Pasa mucho tiempo en el ministerio.

Mathilde creyó percibir en la voz de su madre el resquemor de un animal que hubiese perdido la atención de su amo.

—Erik y yo vamos a marcharnos de Alemania.

La baronesa Von Eisler avanzó hacia el mueble bar y se sirvió un vaso del coñac que su marido importaba directamente de Francia. Había amenazado a su esposo con abandonarlo por expulsar a Mathilde de la familia, pero no se atrevió a hacerlo. Su única represalia había sido dejar de aparecer en público con él.

—¿Cuándo os vais?

—En unos días. Dos semanas, quizá.

Su madre podría darle algo de dinero, pero Mathilde era demasiado orgullosa para pedírselo. En eso se parecía mucho a su padre.

La baronesa sujetó el vaso de coñac con las dos manos, como un náufrago que se aferrase a un tablón de madera. Las lágrimas humedecieron sus ojos, pero Mathilde no habría podido decir si eran de dolor o de nostalgia. La baronesa Von Eisler se sacó de la muñeca un brazalete de diamantes que había pertenecido a las mujeres de su familia durante generaciones y se lo tendió a Mathilde.

—Siento no haber sido una buena madre para ti.

Mathilde pensó que ninguna de las dos había respondido a las expectativas de la otra. Ella no había sido una hija dócil y su madre nunca había tomado una decisión por sí misma. Había esperado que intercediese por ella en el enfrentamiento con su padre, pero no era fácil oponerse al barón. Ella lo sabía mejor que nadie.

Mathilde guardó el brazalete en su bolso y besó a su madre. A continuación abandonó la casa con los dientes muy apretados, como solía hacer de niña para contener las lágrimas.

11

Mathilde echó una última ojeada a la mansión. El viento balanceaba ligeramente su columpio, uno de los primeros protagonistas de sus historias infantiles.

Las lágrimas que se había esforzado por contener empezaron a surcar sus mejillas. Se sentía triste y dichosa, apesadumbrada y esperanzada al mismo tiempo. Pensó en las cosas que dejaría atrás; en el futuro incierto que les esperaba en París; en la guerra que estallaría tarde o temprano.

A pesar de las ausencias de su madre y del carácter autoritario de su padre, su infancia había sido feliz. Mathilde era la única persona que podía importunar al barón Von Eisler mientras trabajaba y este tenía siempre una palabra cariñosa para ella. Había alabado exageradamente sus primeros ejercicios de piano, sus progresos en francés, las historias que redactaba en su cuaderno infantil.

Mathilde había admirado a su padre de forma ciega. Entre los amigos del barón figuraba el general Paul von Hindenburg, presidente de Alemania durante la República de Weimar, y en su casa habían cenado numerosos diputados, industriales y ministros.

Recordaba a su padre vestido de chaqué recibiendo a sus invitados. Era un hombre elegante que irradiaba un gran magnetismo, pero al mismo tiempo una persona intolerante y exigente. Tal vez por ello la ruptura con Mathilde había sido tan abrupta. Ninguno de los dos era capaz de aceptar compromisos.

Mathilde oyó que alguien le llamaba. Al darse la vuelta vio a Gretchen, que corría hacia ella arrastrando sus faldones.

—¿Te ibas sin despedirte de mí?

Era la primera vez que Gretchen la tuteaba. Si su padre la hubiese oído en ese momento habría montado en cólera, pero Mathilde vio en su trato lo que realmente era: una demostración de afecto.

—Lo siento, Gretchen. Esto es muy duro para mí.

—Te voy a echar de menos, mi pequeña. Cuídate mucho.

Gretchen besó a Mathilde en la frente e introdujo un rollo de billetes en el bolsillo de su abrigo. Sin darle tiempo a protestar, se dio la vuelta y regresó corriendo hacia la casa.

Mathilde vio alejarse a la mujer y siguió caminando hacia la parada del tranvía. Mientras avanzaba, recordó el día en que había conocido a Erik, cinco años atrás. Adolf Hitler llevaba apenas un año como canciller y Berlín era todavía una ciudad ruidosa y alegre. Después de asistir a una representación teatral en Schauspielhaus, Mathilde había ido con su amiga Marlene a un café. Las dos jóvenes tenían muchas cosas en común: un apellido aristocrático, una familia adinerada y una insaciable pasión por el teatro. Las mismas que dejaron de compartir cuando Mathilde decidió casarse con un judío.

Sus conversaciones gravitaban con frecuencia en torno al teatro. Bertolt Brecht era el autor favorito de Mathilde. Aunque no estaba de acuerdo con su ideología comunista, admiraba la audacia de sus representaciones escénicas. Antes de verse obligado a emigrar de Alemania, Brecht había revolucionado los escenarios con su «teatro épico». Opuesto al capitalismo y las convenciones burguesas, para Brecht el arte no debía ser un espejo para reflejar la realidad, sino un martillo para moldearla.

Habían pasado cinco años desde aquel día, pero Mathilde recordaba perfectamente la vaharada de calor y tabaco que había sentido al abrir la puerta del café, aferrada al brazo de Marlene. Las dos amigas habían corrido hacia una mesa libre junto a la ventana, pero un camarero les indicó que estaba reservada, por lo que tuvieron que contentarse con una mesa cercana a la cocina. Pidieron dos tazas de vino caliente y, mientras bebían, charlaron sobre la obra de teatro que acababan de ver.

Cuando terminara su tesis doctoral, Marlene esperaba conseguir una plaza de profesora ayudante en el departamento de filología de la Universidad Humboldt. Mathilde siempre había querido ser escritora, pero había decidido estudiar filología francesa para contentar a su padre.

Dieter, el prometido de Mathilde, era hijo del mejor amigo del barón Von Eisler y su boda estaba destinada a fortalecer los vínculos entre las dos familias. Dieter formaba parte de las SS, las unidades de élite del Partido Nazi. Su trabajo consistía en formar a los reclutas que un día engrosarían la guardia pretoriana de Adolf Hitler. Los padres de Dieter y Mathilde habían acordado que la boda se celebraría en cuanto él recibiese sus galones de teniente.

—¿Te has fijado en el hombre del abrigo azul? —le preguntó Marlene.

Mathilde giró la cabeza hacia el grupo que acababa de entrar en el café, cuyos integrantes ocuparon la mesa reservada junto a la ventana. El hombre al que se refería Marlene tenía una figura esbelta y sus ojos verdes desprendían un aura de tranquilidad e inteligencia.

—¿Lo conoces?

—Se llama Erik Friedberg —explicó Marlene—. Es uno de los actores de Schauspielhaus. Coincidí con él cuando hice de figurante en *La madre,* de Brecht.

Los ojos de Mathilde se fijaron en el recién llegado. El hombre pareció advertir su atención y decidió acercarse a ellas.

—¿Nos conocemos? —le preguntó a Mathilde.

—No lo creo —respondió Marlene en lugar de su amiga; no parecía entusiasmada con la presencia de Erik Friedberg.

—Mi nombre es Mathilde von Eisler.

Marlene le dirigió a su amiga una mirada de reproche.

—Y está prometida a un oficial de las SS. Tenemos que irnos; se nos ha hecho tarde.

Marlene se levantó y le indicó a Mathilde con la mirada que hiciese lo mismo. Erik sacó dos entradas del bolsillo y se las tendió a esta.

—Mañana actúo en Schauspielhaus. Me encantaría que vinieseis.

Mathilde deslizó las entradas en el bolsillo de su abrigo. Sin decir nada, siguió a Marlene hacia el exterior.

—¿Por qué has sido tan descortés? —preguntó a Marlene, una vez en la calle.

—Porque es judío. Será mejor que te mantengas alejada de él.

Recordando ese día, cinco años después, Mathilde pensó que su vida habría sido muy distinta de haberle hecho caso a su amiga.

12

Mathilde subió lentamente las escaleras hacia su apartamento. Al abrir la puerta vio a Erik sentado junto a la ventana, leyendo un libro.

—¿Cómo te ha ido en la editorial?

—Mejor de lo que esperaba. He recibido un anticipo de mil marcos por la novela.

Mathilde le mostró a su marido el dinero de Gretchen y se sintió culpable por ocultarle la verdad. Aquella cantidad debía de representar los ahorros de toda su vida. No era una fortuna, pero les permitiría comprar los billetes de tren y sobrevivir en París hasta que uno de los dos encontrara trabajo. Algún día le contaría a Erik de dónde provenía realmente el dinero, pero no ahora. Si se enteraba de que era un regalo de Gretchen, le pediría que lo devolviese.

—¿Has visto a tu padre esta tarde? —le preguntó ella.

Erik asintió y Mathilde buscó en su rostro una señal de que Joel Friedberg lo había conminado a marcharse de Alemania, pero las facciones de su marido eran imperturbables. Por algo era uno de los mejores actores de Berlín.

—Tengo otra buena noticia —titubeó Mathilde.

Un rayo de esperanza atravesó los ojos de Erik, pero se apagó una fracción de segundo después. A lo largo de los últimos años se había hundido en un estado depresivo. El cambio había sido lento, pero cada mañana le costaba un poco más levantarse y las cosas que antes le habían emocionado —un atardecer, una canción, una caricia— apenas le proporcionaban alegría. Se había vuelto olvidadizo y le costaba cada vez más concentrarse. Había perdido la esperanza en el futuro.

—Estoy embarazada. —Erik permaneció inmóvil unos instantes—. ¿Estás contento? —le preguntó ella, temerosa de que volviese a evocar la posibilidad del divorcio.

Su marido caminó hacia ella. Se dejó caer de rodillas y apoyó la cabeza en el vientre de Mathilde.

—Es el momento más feliz de mi vida.

Mathilde se olvidó por un instante de la ropa remendada, de los cortes de electricidad, de todas las privaciones sufridas desde el día de su boda. Decidió atesorar ese instante de felicidad para sobrellevar los desencantos futuros que les depararía la vida.

Permanecieron abrazados durante un largo rato. Mathilde quería hacer proyectos para el futuro, pero sabía que era una forma de tentar al destino. Tenía que esperar a que Erik hubiese hablado con su padre. Por el momento debía concentrarse en el presente. La felicidad nunca duraba mucho tiempo.

Cenaron un poco de sopa que había quedado del mediodía y se sentaron en el sofá para escuchar la radio. Deutschland Rundfunk estaba retransmitiendo *El caballero de la rosa*, de Richard Strauss.

Permanecieron abrazados con la luz apagada, saboreando la intimidad que los unía. Cuando Mathilde se quedó dormida, su marido la tapó con una manta y esperó a que acabase la emisión para llevarla a la cama.

Erik nunca había sentido tanta emoción. Ni tanto miedo. Según las leyes de «pureza racial», un niño con dos abuelos judíos sería considerado mestizo en primer grado o plenamente judío. El hecho de que Erik fuese también judío situaría al bebé en la última categoría.

El nacimiento del niño cambiaría completamente su vida. Unas horas atrás había considerado el divorcio como la mejor alternativa, pero ahora todo era diferente.

Llevó a Mathilde hasta la cama, se puso el pijama y se tumbó a su lado. Era la primera vez desde hacía una semana que Mathilde dormía con un sueño profundo y Erik se movió con cuidado para no despertarla.

Alemania era su patria, tanto o más que la de aquellos fantoches que la habían secuestrado. Los judíos habían llegado a Berlín en la Edad Media, huyendo de las persecuciones tras el comienzo de las cruzadas. Acusados de provocar la Peste Negra en el siglo XIV, muchos fueron asesinados o expulsados de Alemania. En el siglo XIX, con el advenimiento de la igualdad ante la ley, los judíos se infiltraron progresivamente en la élite social y económica de Berlín. En 1933 la población judía de la capital alcanzó los ciento sesenta mil habitantes, y entre sus intelectuales más prominentes figuraban muchos músicos, pintores y escritores de ascendencia hebrea. Después vinieron los años de discriminación y persecución, con un pequeño respiro en agosto de 1936, durante los Juegos Olímpicos, cuando los nazis intentaron convencer al mundo de que Alemania era un país plural y tolerante.

Unos golpes en la puerta interrumpieron los pensamientos de Erik. Miró a Mathilde y permaneció inmóvil en la cama. El decreto que prohibía a los judíos residir en esa calle aún no había entrado en vigor, pero las SA solían interpretar la ley a su antojo. Los golpes sonaron con más fuerza y acabaron por despertar a Mathilde.

—No abras, por favor —le suplicó a su marido.

—Si no lo hago echarán la puerta abajo.

Erik se calzó las zapatillas y caminó hacia la entrada. Los golpes volvieron a sonar, de forma más imperiosa, y Erik se preguntó qué tipo de vida tendría su hijo en una Alemania en la que los judíos gozaban de tantos derechos como los perros. Mathilde tenía razón: debían marcharse de Alemania. Aunque tal vez fuese demasiado tarde.

Abrió la puerta y, para su sorpresa, no se encontró con un destacamento de las SA, sino con una vecina de su padre cuyo marido, antiguo concertista de la Filarmónica de Berlín, había sido enviado a Dachau por simpatizar con el Partido Comunista.

—Es su padre —balbuceó la mujer—. Tiene que venir…

Mathilde y Erik se vistieron rápidamente y acompañaron a la mujer por las calles frías y silenciosas. La luna se reflejaba sobre las aceras mojadas, enmarcando sus pasos con una luz angulosa y marfileña.

Al llegar al edificio donde vivía su suegro, Mathilde se esforzó para seguir a su marido por la escalera. Las náuseas y los mareos de las semanas anteriores habían remitido, pero el embarazo hacía que se cansara con más facilidad.

La puerta del apartamento se encontraba entornada. A pesar de que las ventanas estaban abiertas, olía fuertemente a gas. El padre de Erik se hallaba sentado en una silla, con la cabeza apoyada sobre la mesa. Su gesto era tan plácido que parecía dormido.

Erik se acercó a su padre y abrazó su cuerpo sin vida. Joel Friedberg sostenía entre sus dedos el retrato que Erik y Mathilde se habían hecho el día de su boda. Mathilde se fijó en el rostro cerúleo de su suegro y se preguntó si la presencia de esa fotografía entre sus manos representaba un reproche póstumo dirigido a ella. Aquella había sido su forma de franquearles el camino.

Mathilde observó su propio rostro, sonriente, en el retrato que sostenía su suegro. Desde el día de su boda no había tenido muchos motivos para sonreír. La felicidad nunca duraba mucho tiempo.

Todo habría sido muy diferente si cinco años atrás su madre hubiese respetado su cita para la prueba del vestido que debía lucir en su boda con Dieter. Mathilde apenas había conseguido dormir la noche anterior, pensando en la invitación de Erik para verlo actuar en Schauspielhaus. En el fondo, estaba aliviada de tener un motivo para no acudir. Erik y ella pertenecían a mundos demasiado diferentes.

Mathilde había esperado a su madre en el taller de la modista, mientras hojeaba una revista de moda. La costurera había trabajado para la emperatriz alemana Augusta Victoria, antes de que Guillermo II se exiliara con su familia a Holanda, y entre su clientela se contaban algunas de las personas más adineradas de Berlín.

Diez minutos después el teléfono sonó y la modista le pasó a Mathilde el auricular. Su madre había olvidado que tenía una gala benéfica esa tarde, por lo que tendrían que posponer su cita con la modista para otro momento.

Hacía una tarde espléndida y Mathilde decidió dar un paseo antes de regresar a casa. Se detuvo frente a una zapatería que disponía de una máquina de rayos X para radiografiarse los pies antes de elegir el calzado. Mientras observaba el escaparate pensó que, si se apuraba, podría llegar a Schauspielhaus antes de que empezase la representación. Aceptar la invitación de Erik, sin embargo, equivalía a jugar con fuego.

Tomó un tranvía hasta Gendarmenmarkt y entró en el teatro cuando la obra estaba a punto de comenzar. Su asiento estaba situado en un palco y permitía una buena visibilidad del escenario. La obra resultó ser una comedia intrascendente, pero la interpretación de Erik estuvo llena de intensidad. De alguna forma, Mathilde tuvo la impresión de que actuaba para ella en la sala repleta de gente.

Al finalizar la representación Mathilde siguió al resto de espectadores hacia la salida. Le sorprendía que un actor judío pudiese trabajar en un teatro de tal importancia. Desde la llegada al poder de los nazis, muchos actores judíos habían sido expulsados de los escenarios.

Cuando alcanzó el vestíbulo, oyó la voz de Erik a sus espaldas y aceleró el paso. El teatro estaba lleno de gente y Mathilde tuvo miedo de que algún conocido de sus padres la viese hablando con un judío. Erik la siguió por las escaleras y le dio alcance al llegar a la plaza.

—Me alegro de que hayas podido venir. ¿Qué te ha parecido?

Erik no había tenido tiempo de cambiarse y su rostro estaba muy maquillado.

—La obra, muy floja, pero tú estuviste brillante.

—Espérame aquí. Me visto en un momento y te acompaño a casa.

Mathilde tardó unos segundos en negarse, los suficientes para que Erik desapareciese hacia el interior del vestíbulo. En los minutos siguientes estuvo varias veces tentada de marcharse. Su padre sufriría un infarto si la veía llegar a casa acompañada de un judío.

Cuando Erik regresó tenía restos de maquillaje en la frente y llevaba el mismo abrigo que el día anterior. Caminaron hasta la entrada del Tiergarten y, tras atravesar la Puerta de Brandenburgo, avanzaron bajo los árboles de la avenida Unter den Linden.

Aunque apenas hablaron durante ese tiempo, Mathilde tuvo la impresión de que les unía una gran complicidad, como dos amigos que hubiesen pasado mucho tiempo sin verse. Nunca se había sentido de esa forma en compañía de Dieter.

—¿No has pensado en trabajar fuera de Alemania? —le preguntó ella.

—¿Dónde? Bertolt Brecht y Kurt Weill pueden conseguir trabajo en cualquier país, pero yo soy un actor desconocido y solo hablo alemán. Además, acabo de conocer a la mujer de mi vida.

Mathilde se sonrojó hasta las orejas. Nadie le había hablado así hasta entonces, ni siquiera su prometido. Todos los hombres que conocía la trataban como si fuese una niña.

Continuaron su camino en silencio y al llegar a Französische Strasse Mathilde experimentó una mezcla de alivio y decepción.

—Gracias por acompañarme —dijo ella cuando observó el gablete de su casa en la distancia.

—Si no tienes planes para mañana, me gustaría enseñarte las bambalinas de Schauspielhaus.

—No creo que pueda…

—No tienes que responder ahora. Estaré esperándote a las once, frente a la puerta del teatro.

Erik cogió la mano derecha de Mathilde y la besó. Ella se apartó bruscamente y corrió hacia la casa para encerrarse en su habitación. En las horas siguientes fue incapaz de apartar a Erik de sus pensamientos. Se sentía febril y confusa, aunque llena de energía. Con ganas de cantar y al mismo tiempo deseosa de esconderse bajo la cama.

A la mañana siguiente, se levantó con dolor de cabeza y una sensación de irrealidad que se vio agravada cuando, al ir a desayunar, su padre la llamó a su despacho. No sabía de qué quería hablarle, pero aquello no auguraba nada bueno.

Siguiendo una costumbre adquirida en la juventud, el barón Von Eisler se levantaba todos los días a las cinco de la mañana y, tras ejercitarse durante media hora en el gimnasio situado en el sótano de la casa, desayunaba un plato de huevos revueltos con una tostada de pan blanco y una jarra de café.

Encima de la mesa de su despacho se encontraba la edición matinal del diario *Morgenpost*, así como un ejemplar del periódico nacionalsocialista *Völkischer Beobachter,* en el que aparecían ocasionalmente artículos escritos bajo pseudónimo por Himmler o Goering, destinados a orientar la opinión pública a favor de decisiones que el Gobierno estaba a punto de tomar.

El padre de Mathilde ordenó varios papeles sobre la mesa y dobló el mapa de su proyecto más ambicioso: un barrio entero de viviendas, al sur de Berlín, que construiría la sociedad inmobiliaria que había creado con el padre de Dieter. La llegada del Partido Nacionalsocialista al poder y el consiguiente rearme del ejército conducirían a Alemania al pleno empleo y harían necesarios edificios para albergar a los trabajadores, calles para permitir la circulación de los automóviles, así como puentes, túneles y todo tipo de obras públicas.

—¿Puedes explicarme qué estás haciendo? —le preguntó su padre.

Mathilde tragó saliva.

—No sé a qué te refieres.

—Supongo que tampoco sabes que el hombre que te acompañó ayer a casa es judío. —Mathilde negó con la cabeza—. Ahora ya lo sabes. No quiero que vuelvas a verlo.

Su padre se enfrascó en la lectura de una carta, dándole a entender que su conversación había terminado. Mathilde salió del despacho con la cara enrojecida. Se sentía doblemente humillada: por la reprimenda de su padre y por no haber tenido el valor de enfrentarse a él.

Regresó a su habitación y pasó unos minutos sentada en la cama. Sus viejos juguetes parecían reprocharle su falta de coraje. La actitud de su padre no le había sorprendido, pero sí la rapidez de su reacción. ¿Cómo se había enterado de su visita a Schauspielhaus? ¿Había tenido Marlene algo que ver?

Su padre había pasado dos décadas tratando de corregir los defectos de su hija. Mathilde sabía que era su forma de demostrarle afecto, pero lo que ella necesitaba era que la aceptase como realmente era.

Mathilde había sabido desde el principio que su amistad con Erik era imposible. Utilizando su habitual contundencia, su padre no había hecho más que recordárselo. No podía volver a ver a Erik, pero lo correcto era decírselo en persona.

Se maquilló con esmero y se puso un vestido con el que se sentía especialmente segura. Tras comprobar que su padre se había marchado al trabajo, salió a la calle.

El cielo amenazaba lluvia, por lo que decidió tomar un taxi hasta Schauspielhaus. Al llegar allí se encontró a Erik sentado en las escaleras que daban a la plaza. Parecía abatido.

—He venido a decirte que no podemos volver a vernos.

Erik levantó la cabeza hacia ella.

—De todas formas no habría podido enseñarte el teatro. Me han despedido esta mañana. —Mathilde se alisó la falda y se sentó a su lado—. Hasta ahora me había librado de las purgas, pero tarde o temprano tenía que tocarme.

—Y ¿qué vas a hacer ahora?

Erik se encogió de hombros.

—Para empezar, comer algo.

—¿Y después?

—Casarme contigo.

Mathilde se sonrojó, igual que el día anterior, y miró hacia otro lado para que Erik no se diese cuenta. A continuación lo siguió hasta un restaurante de comida rápida, uno de los primeros que habían abierto sus puertas en Berlín. La comida se encontraba en el interior de máquinas expendedoras; las mesas eran plataformas de plástico y para obtener una cerveza había que introducir una moneda debajo de un grifo.

—Y ¿qué vas a hacer tú, además de casarte con un oficial de las SS? —le preguntó Erik tras darle un mordisco a su bocadillo.

—Me gustaría escribir novelas infantiles, pero mi padre dice que es una profesión sin futuro.

—Lo será si le haces caso.

Cuando terminaron de comer, Erik se levantó de la silla.

—¿Adónde vas? —le preguntó ella.

—A casa.

Su voz sonaba tan abatida que Mathilde tuvo miedo de que hiciese una estupidez. Dado que era la última vez que se veían, decidió alargar un poco más el momento.

—Tengo una idea mejor —dijo ella—. Sígueme.

—Creía que no podíamos vernos.

—¿Vienes o no?

Erik se encogió de hombros y la siguió hasta una parada de taxis. Mathilde le pidió a un taxista que los llevase a la localidad de Lübben, situada a ochenta kilómetros de Berlín.

—¿Estás loca? El taxi va a costar una fortuna.

—No te preocupes. Mi padre nos invita.

Mathilde había estado varias veces en Lübben. La ciudad poseía un castillo y conservaba restos de sus murallas, pero su mayor atractivo era la proximidad a la reserva natural de Spreewald, un paisaje interminable de ríos y lagunas en el que resultaba maravilloso perderse.

Cuando llegaron a Lübben, Mathilde pagó el trayecto y le pidió al taxista que los esperase junto al embarcadero para llevarlos más tarde a Berlín.

Erik no se sentía del todo cómodo, pero decidió disfrutar del momento. Alquilaron una lancha de tres metros, propulsada por un pequeño motor fueraborda. Mientras Erik guiaba la embarcación hacia el interior del lago, Mathilde se tapó las piernas con una manta y abrió una botella de vino que habían adquirido antes de embarcar.

—¿No sabes que los actores desempleados son propensos a convertirse en alcohólicos? —preguntó él cuando Mathilde le pasó la botella.

—Con tal de que no te vuelvas violento —bromeó ella.

Erik detuvo la lancha en el centro de la laguna y bebió un trago. Mathilde observó el abrigo de Erik y vio que uno de sus botones estaba a punto de desprenderse. Ella nunca había salido de casa con la ropa en mal estado. Varios criados se ocupaban de que todo estuviese en orden. Había vivido toda su vida anestesiada, de espaldas al mundo exterior. Con su desaliño y un lenguaje que incluía múltiples registros, Erik representaba una puerta hacia otro universo. A Mathilde le gustaba también su aspecto, pero lo que realmente adoraba era su voz: podría pasarse horas escuchándolo.

—¿Qué pensarían tus padres si nos viesen en este momento?

—¿Y los tuyos? —le devolvió Mathilde la pregunta.

—Mi madre murió hace unos años, pero creo que estaría contenta de verme así.

—Así, ¿cómo?

Erik tapó las piernas de Mathilde con la manta. Se había levantado algo de viento y el lago desprendía un aliento de humedad. Abrió la boca para decir algo, pero Mathilde selló sus labios con dos dedos y lo besó.

Una bandada de pájaros emprendió el vuelo desde la orilla. Tumbados sobre la cubierta, Erik y Mathilde se dejaron mecer por el vaivén de la embarcación.

13

Mathilde apretó la mano de su marido y observó el andén. Faltaban cinco minutos para la salida de su tren a París y ninguno de los dos tenía ganas de hablar.

Cada vez que cerraba los ojos, la joven veía a su suegro con la cabeza apoyada en la mesa de la cocina. Erik había intentado convencerse de que el escape de gas fue un accidente, pero Mathilde sabía que Joel Friedberg se había suicidado. Había preferido dejarles el camino libre, evitándole a Erik una decisión que acabaría por desgarrarlo.

Aunque Mathilde estaba aliviada por abandonar Berlín, se sentía culpable de la muerte de su suegro. Había hecho lo correcto, intentando proteger a su familia. Entonces, ¿por qué se sentía tan mal?

Sus vecinos ignoraban que se iban, al igual que los pocos amigos en los que confiaban. Tras enterrar al padre de Erik en el cementerio judío de Weissensee, habían comprado dos billetes de ida a París y llenado dos maletas con ropa, algunas fotografías y el manuscrito de la última novela de Mathilde. Sabían que no podrían regresar a Alemania hasta que los nazis hubiesen abandonado el poder.

Cuando faltaban dos minutos para la salida del tren, dos hombres con indumentaria civil y aspecto de agentes de la Gestapo entraron en el compartimento. El pulso de Mathilde se aceleró, pero Erik parecía sereno, extrañamente indiferente. Desde el nombramiento de Himmler al frente de todas las fuerzas policiales de Alemania, la Kriminalpolizei se había fusionado con la Gestapo y se hallaba bajo el control de las SS. La Gestapo tenía autoridad para investigar casos de traición, espionaje y sabotaje y podía operar sin ningún control judicial. El número de sus agentes no era elevado, pero su poder irradiaba de las denuncias realizadas por ciudadanos cumplidores de la ley.

Los recién llegados les pidieron sus pasaportes y observaron con detenimiento el de Erik, que lucía una gran letra «J» en la primera página. Según la legislación vigente, los judíos podían utilizar sus pasaportes para abandonar Alemania, pero no para regresar al país.

Los hombres les ordenaron que abriesen sus maletas y Mathilde se alegró de que Erik hubiera seguido su consejo de abandonar en el apartamento el libro *La montaña mágica*, su favorito entre las obras de Thomas Mann, que Erik había querido llevar como lectura para el viaje.

Los agentes de la Gestapo revolvieron la ropa y palparon los fondos de la maleta. Uno de ellos encontró el brazalete de diamantes que Mathilde había recibido unos días antes de su madre. Erik miró con sorpresa la joya y después a Mathilde. Su mujer no le había relatado su visita a Französische Strasse.

—Es un obsequio de mi madre, la baronesa Von Eisler.

Los hombres comprobaron el apellido de Mathilde en el pasaporte y la miraron con incredulidad. El barón Von Eisler ocupaba un alto cargo en el Ministerio de Propaganda.

Los agentes de la Gestapo les ordenaron que se apeasen. Erik protestó, alegando que perderían el tren, pero Mathilde le suplicó que no complicase la situación. Cogieron su equipaje y acompañaron a los hombres hasta el despacho del jefe de estación. Una vez allí, le pidieron a Mathilde que esperase y se llevaron a Erik con ellos.

A través de la ventana del despacho Mathilde vio partir su tren. Y varios trenes más. Cuanto más tiempo pasaba, más preocupada se sentía. El pasaporte de Erik era válido, pero la Gestapo tenía una habilidad especial para inventarse problemas inexistentes. Erik podía acabar en un campo de concentración.

La luz empezó a decrecer. El despacho quedó en penumbra, pero Mathilde no se atrevió a levantarse para encender la luz.

Al cabo de un tiempo interminable vio abrirse la puerta y su padre apareció en el umbral. En aquellos cinco años su pelo había adquirido un color gris plateado y las arrugas empezaban a perfilarse en su frente.

—¿Por qué te empeñas en humillarme? —dijo el barón, dirigiéndole una mirada glacial.

—¿Humillarte? Lo único que hago es vivir mi vida.

—¿Sabes en qué posición me ha puesto tu matrimonio con un judío?

Mathilde miró a su padre con tristeza, consciente de que su intimidad había desaparecido en los últimos años. Se habían convertido en extraños el uno para el otro.

—Tienes que divorciarte.

—No tengo diez años, así que no puedes decirme lo que debo hacer —replicó Mathilde—. Además, voy a tener un hijo de Erik.

El barón Von Eisler cerró los ojos, como si le hubiesen clavado un puñal en el pecho. Por primera vez tuvo la certeza de que había perdido definitivamente a su hija. Había luchado durante años por recuperarla, convencido de que algún día regresaría a casa. Manfred von Eisler se había levantado cada mañana, durante cinco largos años, con la esperanza de que su hija acudiría a pedirle perdón, de que todo volvería a ser como antes. Esa ilusión acababa de desvanecerse.

El barón se dirigió con pasos lentos hacia la puerta y, sin despedirse de Mathilde, abandonó el despacho.

14

Provenza

Paul Chevalier no había tenido suerte esa mañana con la caza. Los jabalíes se adaptaban mal a los lugares con poca maleza y preferían las zonas de arbustos, donde era más difícil encontrarlos. En algunas ocasiones se aventuraban hasta las viñas y las plantaciones de maíz, pero en las últimas semanas había llovido más de lo habitual, lo cual permitía a los jabalíes permanecer cerca de sus madrigueras, sin tener que desplazarse en busca de pozas.

Mientras caminaba hacia su casa observó los campos de lavanda. En las últimas dos décadas, su padre se había convertido en el mayor productor de la comarca y había introducido varios cambios en un ritual hasta entonces inamovible. Extendió las superficies de cultivo y utilizó tierras hasta el momento destinadas al cereal. Consiguió que el ayuntamiento le adjudicase terrenos comunales y construyó un alambique para llevar a cabo la destilación. Una vez obtenido el aceite esencial, empezó a venderlo directamente a los perfumeros de Grasse y, con las ganancias obtenidas, compró nuevas tierras y mejoró los campos, limpiándolos de piedras y haciendo pastar en ellos rebaños de ovejas para fertilizar la tierra. Aprendió que la planta de lavanda comenzaba a producir al segundo año, que daba su mejor rendimiento entre el cuarto y el sexto y que no debía permanecer más de diez años en el mismo terreno. Tras numerosos experimentos, el padre de Paul estableció cultivos de rotación para que las plantas mantuviesen su vigor. El secreto de una buena cosecha radicaba en fertilizar el terreno continuamente y combatir las plagas de insectos. Si la lavanda era de buena calidad, los perfumeros de Grasse estaban dispuestos a pagar un precio más elevado.

En pocas semanas empezaría la cosecha de lavanda. Los ataques de asma de su padre habían empeorado y Paul tendría que hacer casi todas las tareas en solitario. No le importaba el duro trabajo bajo el sol provenzal. Su ritual había marcado la vida de su familia durante generaciones y lo seguiría haciendo cuando él muriese.

Paul observó la granja en la distancia. La terraza, cubierta por una parra, estaba rodeada de flores y lavanda. La casa se hallaba orientada hacia el sur para protegerse del mistral y por ese mismo motivo no disponía de ventanas en el costado norte. Las ventanas de los otros lados eran pequeñas, a fin de evitar el sol durante el verano.

Al acercarse a la casa, Paul distinguió a una mujer enlutada en el camino. Al principio no la reconoció, pero después reparó en que se trataba de Charlotte, la tía de Sophie.

—¿Sucede algo? —le preguntó Paul.

—Necesito hablar contigo.

Paul observó a la mujer. Tenía un carácter silencioso y una complexión fuerte, resultado de varias décadas de trabajos penosos. Paul la había visto muchas veces conduciendo la yunta de bueyes y cargando fardos de heno en el carro.

—No puedes volver a ver a mi sobrina. Solo conseguiréis atraer la desgracia.

¿Qué le ocurría a aquella familia? Con excepción de Sophie, estaban todos locos. Paul le dijo a la mujer que tenía prisa y, sin volverse, se encaminó hacia la casa.

Al entrar en la cocina, dejó la escopeta sobre la mesa y fue a enseñarle a su padre la liebre escuálida que, a falta de jabalíes, había abatido esa mañana. Su padre estaba sentado en el salón y tenía la mirada perdida en el jardín.

—*Atila* ha muerto.

El mastín de su padre había envejecido mucho en los últimos meses. Aunque la noticia entristeció a Paul, no le sorprendió demasiado.

—Alguien lo envenenó —añadió su padre.

El perro apenas podía moverse y nunca abandonaba la casa. ¿Quién iba a envenenarlo?

—¿Qué te hace pensar eso?

—Cuando lo encontré tenía la boca llena de espuma. Estoy seguro de que fue envenenado.

Paul se acordó de la tía de Sophie, pero no la creyó capaz de algo así. Por lo que respectaba a Henri o El *Boche*, no estaba tan seguro.

Sin contarle a su padre sus sospechas, cogió la liebre y fue a la cocina para prepararla. Cocinada con tomillo y albahaca, proporcionaría un buen almuerzo. Lástima que se le hubiesen quitado las ganas de comer.

15

El molino comunal estaba engalanado con banderines y bombillas de colores para celebrar la festividad local. La orquesta entonaba una melodía de Édith Piaf, las muchachas vestían sus mejores galas y las risas se elevaban sobre una noche en la que flotaba un aroma a lavanda y espliego. El ambiente recordaba al de los días de siega, cuando los vecinos se ayudaban mutuamente y compartían sus vituallas al atardecer.

Sophie estaba sentada en una silla de mimbre y sostenía un vaso de limonada. Llevaba el pelo recogido en un moño y su vestido dejaba sus hombros al descubierto. Aunque de niña era más bien introvertida, se había obligado a sí misma a desarrollar su lado más alegre, por miedo a convertirse en una persona rencorosa y mezquina como su padre.

Vio acercarse a Paul por el camino y, a juzgar por su trayectoria, supuso que se dirigía hacia ella. Antes de que llegara a la explanada, avanzó hacia él y lo llevó del brazo hacia los árboles.

—Si mi hermano te ve, se va a poner hecho una furia.

—Es un baile público, ¿no?

La orquesta empezó a tocar un arreglo de la melodía *Nuages*, de Django Reinhardt. Sophie recordó el beso furtivo de Paul y, aunque tenía miedo de su hermano, deseó que volviese a intentarlo.

Permanecieron callados unos instantes, mirándose. De repente, oyeron la voz de Henri, que llamaba a gritos a Sophie. La muchacha vio que se encontraba acompañado de Clement, el único amigo que le conocía. Sophie le dio la mano a Paul y lo guio entre la maleza, en dirección al río. Llegados a este, remontaron su cauce hasta el vado donde se había ahogado el hermano de Paul.

Hacía una temperatura suave y el canto de los grillos llenaba la noche. Sophie se quitó el vestido y lo depositó cuidadosamente sobre las piedras. A continuación, hundió su cuerpo en el agua inundada de estrellas. Desde el río, llamó a Paul para que le acompañase, pero él la observó sin mover un músculo. Insistió, pero Paul permaneció inmóvil.

La muchacha salió del agua y se plantó, desnuda, delante de él. Paul reparó en que tenía moratones en los brazos, pero no hizo ningún comentario. Sophie le tendió la mano y, como si se tratara de un niño, lo condujo hacia el interior del río.

16

Sophie regresó a su casa tras separarse de Paul. En la distancia se escuchaba la música del baile, que se encontraba ahora en su apogeo.

Entró en el salón y observó el reloj que, según contaba su tía Charlotte, había marcado la medianoche cuando ella nació. El reloj se había desajustado con los años y su padre había tenido que colgar una moneda del péndulo para equilibrarlo.

En su estado de turbación no conseguiría dormir, así que decidió ir al establo para visitar al ternero recién nacido. Si empezaba a pastar demasiado pronto el animal acabaría muriendo, pero no podría cuidar de él permanentemente. Bastante trabajo tenía con ordeñar las vacas y limpiar la casa.

Al pasar junto al corral, los polluelos que había alimentado en los últimos días con pan mojado en vino se alborotaron. Se detuvo para observar la veleta que coronaba el establo y entró en él. Nada más hacerlo percibió un olor extraño. Se acercó al montón de paja donde dormía el ternero joven, pero había desaparecido. Entonces sintió una gota en la cabeza. Al levantar la vista hacia el techo, soltó un grito. El ternero estaba colgado de una cuerda, boca abajo, y su sangre goteaba sobre el suelo de tierra.

La muchacha dio un paso atrás, pero se detuvo en seco al percibir un ruido a sus espaldas. Al darse la vuelta vio a Henri, que sostenía entre sus manos la escopeta de su padre.

17

Un ruido seco despertó a Charlotte en mitad de la noche. Se incorporó y se sentó en la cama, con el pulso acelerado. Estaba empapada en sudor, pero el ruido había sido demasiado real para provenir de un sueño.

¿Había sido quizá una pesadilla? Los días de fiesta siempre la entristecían. En su juventud había asistido a todos los bailes de los alrededores. La llegada de su hermano a Provenza, poco después de que ella enviudara, había convertido la vida de Charlotte en un infierno. Su hermano había descargado en ella su amargura por su expulsión de Alsacia. Charlotte había sido víctima de sus episodios de embriaguez, acompañados por frecuentes estallidos de violencia.

La mujer se calzó las zapatillas y salió al pasillo. La puerta de la habitación de Sophie estaba entornada y su cama, vacía. La música del baile había cesado, por lo que tendría que estar ya de vuelta. Charlotte caminó hacia las habitaciones de su hermano y de Henri y comprobó que tampoco ellos estaban. Aquello no auguraba nada bueno.

Descendió al piso inferior, pero no encontró a nadie en la cocina. A través de la ventana divisó la luna, fría y radiante. Había luz en el establo, a pesar de la hora tardía. Charlotte se dirigió hacia allí con pasos lentos, temblando de frío y de miedo.

Se acercó a la puerta y preguntó si había alguien, pero nadie contestó. Al asomarse, distinguió el cuerpo de Sophie en el suelo. Estaba tumbada de espaldas, en una posición antinatural, rodeada de un charco de sangre. Charlotte intentó gritar, pero lo único que emergió de su garganta fue un gruñido ronco. Se sentía tan culpable como si ella misma hubiese apretado el gatillo: había sido consciente del peligro y no había hecho nada para evitar esa tragedia.

Charlotte escuchó la voz de su hermano, que cantaba con voz desafinada en el patio. Había vuelto a beber. La mujer se asomó a la puerta del establo y vio que su hermano se dirigía al roble de la huerta para orinar. Charlotte se apoyó con tanta fuerza en el marco de la puerta que una astilla se clavó en la palma de su mano.

La mujer cogió del suelo un hierro para marcar las reses y caminó con gesto decidido hacia su hermano.

18

A la mañana siguiente, Paul se despertó sobre una nube. Había dormido en un campo de lavanda, bajo el cielo estrellado. Ardía en deseos de ver a Sophie, pero decidió no ir a su casa por temor a encontrarse con El *Boche*. Sería mejor esperar a que ella se pusiera en contacto con él.

Caminó por los campos de lavanda aspirando su aroma. Aquella plantación era la mejor que tenían. Habían trasplantado los mejores tallos, utilizando esquejes de las plantas más resistentes, aquellas que proporcionaban una mayor cantidad de esencia. Mientras cuidaban los campos, el padre de Paul, aficionado a la mitología, le había contado historias inverosímiles: que los dioses nórdicos comían una manzana al día para preservar su inmortalidad; que el sauce, plantado cerca de un arroyo, atraía los poderes benéficos de la luna, o que el fuerte olor de la lavanda calcinada permitía mantener alejados a los malos espíritus, motivo por el cual se lanzaba a las hogueras durante la noche de San Juan.

De vuelta a casa, Paul desayunó un café y un trozo de pan untado en mantequilla y se dirigió a la estación para asegurarse de que Henri se marchaba del pueblo.

Observó el tren desde una colina cercana a la estación. Vio los pañuelos blancos de despedida y miró a los pasajeros que entraban en los vagones. Henri se encontraba entre ellos, pero nadie de su familia había ido a despedirlo.

El tren se puso finalmente en marcha. Paul se fijó en la columna de vapor que ascendía de la locomotora, cada vez más lejana, pero su alegría duró solo unos instantes. Un niño irrumpió en el andén, gritando: «¡El *Boche* ha muerto!».

19

París

Henri Vancelle avanzó con pasos lentos por el Boulevard de los Capuchinos. Desde su llegada a París ocupaba una habitación abuhardillada en una pensión situada en esa calle. El calor era insoportable, por causa de las planchas de metal que recubrían el tejado. Era un lugar algo sórdido, pero económico. Y, sobre todo, anónimo.

Había abandonado Provenza unas semanas atrás. Tras el asesinato de su hermana desistió de su intención de alistarse en el ejército, por temor a ser detenido. Necesitaba un nuevo comienzo y París ofrecía el anonimato de una gran ciudad.

Henri había nacido en Alsacia y era todavía un niño cuando la región, entonces territorio alemán, fue anexionada por Francia. Alsacia había formado parte de la república francesa desde 1789 hasta 1871 y del Reich alemán entre 1871 y 1918.

Originario de Wanzel, una localidad cercana a Selestat, el padre de Vancelle había decidido afrancesar su apellido tras la anexión de Alsacia por Francia. A pesar de sus esfuerzos por ocultar sus orígenes alemanes, perdió su plaza de maestro en el colegio donde enseñaba. Las escuelas de Alsacia se vieron obligadas a adoptar el francés como única lengua, sin ningún periodo de transición, y los profesores que no pudieron adaptarse fueron reemplazados por maestros de otras regiones francesas.

Incapaz de encontrar otro empleo, el padre de Vancelle decidió trasladarse con su mujer y su hijo a Provenza, donde residía su hermana Charlotte, que acababa de enviudar y necesitaba ayuda para cultivar las tierras heredadas de su marido. Estigmatizado por sus vecinos, que lo apodaban El *Boche,* el término despectivo utilizado para designar a los alemanes, el padre de Henri empezó a abusar del alcohol. El fallecimiento de su mujer, durante el parto de su hija Sophie, había terminado por fomentar en él un profundo odio hacia la humanidad.

Hacía un día soleado en París, pero el ánimo de Henri era sombrío. El atardecer, que se reflejaba sobre el río Sena, le hizo pensar en la parábola del joven y el anciano que observaban una puesta de sol. Para el primero era un símbolo del futuro, de todo lo que le quedaba por vivir. Para el anciano era un motivo de tristeza, pues le hacía pensar en lo que había dejado atrás.

Recordó la imagen de Sophie unas horas antes de su muerte, besando a Paul Chevalier. Henri era tímido y poco agraciado y su mirada vacía, a veces burlona, ahuyentaba a las muchachas. Tenía la impresión de que su vida carecía de valor y el único momento en que se había sentido realmente vivo fue cuando disparó contra su hermana.

—¿Buscas compañía?

Al darse la vuelta, Henri reparó en una mujer de aspecto infantil, con marcas de viruela en el rostro. Tenía la piel muy pálida y el mismo pelo de color azabache que Sophie. Sin esperar su consentimiento, la muchacha le tendió la mano y lo guio hacia una casa cercana. Henri quiso oponerse, pero en vez de hacerlo la siguió con docilidad.

Subieron por unas escaleras estrechas hasta el último piso del inmueble. La muchacha abrió la puerta con una llave de hierro y entraron en una habitación minúscula, de techo muy bajo. En su interior había una cama con las sábanas revueltas, una silla y un aguamanil de agua turbia. Un ventanuco proporcionaba la única luz del cuarto.

—Son veinte francos. Por adelantado.

La muchacha guardó en su bolso el billete que le tendió Henri y empezó a desnudarse. Era la primera vez que él se encontraba a solas con una mujer y no sabía qué hacer.

—¿A qué esperas? Por veinte francos no voy a pasar toda la tarde contigo.

Henri se desnudó con torpeza y se tumbó en la cama. La muchacha lo miró a los ojos pero, como si hubiese encontrado algo repulsivo en ellos, desvió la vista hacia la pared. Henri buscó su mirada ansiosamente, pero ella continuó evitándolo.

El joven le dio una bofetada para obligarle a volver la vista y cuando la muchacha protestó le tapó la boca con la otra mano. Tenía tanta rabia acumulada que se dedicó a golpearla, una y otra vez. Se sentía distante, como si fuese un espectador de lo que estaba ocurriendo.

Cuando la mujer dejó de moverse, Henri se levantó de la cama. La sábana estaba cubierta de sangre y la muchacha tenía los ojos abiertos, clavados en el techo.

Henri abrió la puerta y bajó las escaleras hacia la calle. Nunca se había sentido tan libre como en ese momento.

20

Henri se ocultó en un portal y observó a la nueva inquilina de la pensión. La mujer ocupaba una habitación al fondo del corredor y desde que la había visto por primera vez se sentía fascinado por ella.

Siguió a la muchacha por el bulevar. Con su palidez esbelta, le recordaba un poco a una imagen de la Virgen en una vidriera de la Catedral de Notre Dame. Tenía el pelo muy oscuro y en sus gestos había una ligereza que evocaba los movimientos de un ángel. Lo único que sabía de ella era que se llamaba Camille, pero quería averiguar dónde trabajaba, a quién veía, cuáles eran sus gustos. Quería saberlo *todo* de ella.

Henri había pasado las últimas semanas vagando por las calles de la capital. Un día había leído un panfleto que anunciaba un mitin de un partido de extrema derecha. Hasta entonces no se había interesado por la política, pero la octavilla prometía un vaso de vino a los asistentes y, como no tenía nada mejor que hacer, decidió ir al acto.

El Partido Social Francés había sido creado tras la disolución del movimiento de extrema derecha Cruz de Fuego. El mitin fue impartido por el máximo dirigente del partido, para quien la reducción de la semana laboral a cuarenta horas, el aumento de los salarios y las vacaciones pagadas representaban una confirmación de la revolución bolchevique iniciada en 1936, con la llegada al poder del Frente Popular en Francia.

Al concluir el acto, un militante del partido se acercó a Vancelle. A pesar de su juventud, Henri padecía una calvicie pronunciada. El hombre le preguntó por sus ideas y sus inquietudes. Era la primera vez que alguien se interesaba por él, así que cuando le propuso afiliarse al Partido Social Francés aceptó sin dudarlo.

En las semanas siguientes descubrió que el partido estaba dividido en grupos, secciones y comités estrictamente jerarquizados. Los responsables de cada escalafón eran elegidos por las bases, pero era el presidente del partido quien debía confirmarlos. Si quería llegar a ser alguien en la organización tendría que esperar al menos cincuenta años.

Henri entró en contacto con algunos miembros del disuelto movimiento Cruz de Fuego, jóvenes de su edad que solían acudir a manifestaciones del Partido Comunista para provocar altercados y forzar su disolución por las fuerzas del orden.

Gracias a sus correligionarios consiguió una colaboración en un diario fascista. Se trataba de una pequeña columna semanal en la que Henri utilizaba crímenes escabrosos, ocurridos recientemente, como pretexto para justificar la necesidad de una Francia fascista y antisemita. La línea editorial del diario preconizaba una ruptura de los vínculos con Inglaterra y la firma de una alianza con la Alemania nazi.

Ese día Henri no tenía nada que hacer, así que decidió seguir a su compañera de pensión. La muchacha avanzó por la Rue Royale y se detuvo frente al restaurante Maxim's. Fingiendo que esperaba a alguien en la acera, Henri la observó con el rabillo del ojo. Deseó acercarse para hablarle, pero tenía la boca pastosa y las palabras se atropellaban en su mente.

La mujer se arregló el pelo y entró en el restaurante, donde solían reunirse las mayores fortunas de Francia, junto a personajes influyentes del mundo político y cultural. Desde la acera llena de gente, Henri la vio caminar hacia una mesa. Un hombre bien vestido y de ademanes seguros se levantó al verla.

Henri los observó fijamente durante unos instantes, sin reparar en que se estaba clavando las uñas en el brazo.

21

Mathilde Friedberg avanzó por la Rue de Rivoli con pasos cansados. Estaba harta de permanecer tumbada en la cama, leyendo periódicos atrasados y viendo el mismo pedazo de cielo a través de la ventana. Al salir a la calle estaba contraviniendo las órdenes de su médico, pero no le quedaba otra alternativa.

Desde su llegada a Francia, unos meses atrás, Erik y Mathilde vivían en el barrio del Marais, en una pensión regentada por una pintora vienesa que había huido de Austria tras la anexión alemana.

Sus primeras semanas en la ciudad habían sido espléndidas. Aunque la guerra con Alemania parecía inminente, nadie despreciaba a Erik por el simple hecho de ser judío. Mathilde había visitado muchas veces París, pero la compañía de su marido le había permitido redescubrir la capital francesa.

Habían paseado juntos por los grandes bulevares, las calles estrechas de Montmartre y las plazas de Montparnasse. Lo mejor de París era que se podía disfrutar de la ciudad sin apenas gastar dinero. Los parques y las avenidas eran inmensos teatros gratuitos y uno podía sentarse en una terraza y disfrutar de la vista durante horas por el precio de un café.

Aquellos primeros días en París fueron su verdadera luna de miel. Después de su boda habían regresado a Lübben, la localidad donde se habían besado por primera vez, pero hacía un tiempo pésimo y tuvieron que pasar el día encerrados en un café.

Unas semanas después de su llegada a París, Mathilde empezó a padecer jaquecas y visión borrosa. Un médico diagnosticó que tenía la presión arterial demasiado alta, lo cual podría dificultar el flujo de sangre a la placenta. Para no poner en peligro la salud del bebé, el médico le aconsejó que guardase reposo absoluto hasta la fecha del parto.

Mathilde avanzó lentamente por la Rue de Rivoli. Tenía las piernas hinchadas y le dolía la espalda, pero la brisa primaveral le ayudó a continuar. Pasó delante del Hotel Meurice, donde se había alojado en sus anteriores visitas a París. Su padre reservaba siempre la misma suite, con vistas al jardín de las Tullerías, y los empleados los trataban como si fuesen miembros de la realeza. Con las propinas que su padre repartía en un día, Mathilde habría podido pagar durante una semana su habitación en el Marais.

Una gitana vestida enteramente de negro, cuya falda rozaba el suelo, se interpuso en su camino. Antes de que pudiese evitarlo, la mujer cogió su mano derecha y examinó sus líneas. Mathilde permaneció paralizada durante unos instantes. Percibió el mal aliento de la mujer y la dureza de sus manos. La gitana profetizó que tendría una niña y estuvo a punto de añadir algo, pero permaneció callada.

Mathilde aprovechó su silencio para liberar su mano y se alejó por la acera. ¿Había tenido la gitana un mal presagio? Estuvo a punto de dar la vuelta para preguntarle, pero decidió seguir su camino. Lo último que necesitaba en ese momento eran malos augurios.

Se detuvo frente a una joyería que había visitado varias veces con sus padres. Los cortinajes rojos, a ambos lados de la puerta, evocaban un escenario teatral. Mathilde observó el escaparate y recordó los tiempos en los que su padre le regalaba cualquier objeto por el que hubiese mostrado el más mínimo interés. Echaba de menos la sensación de vivir entre algodones, pero no se consideraba maltratada por la vida. Había tomado la decisión de casarse con Erik y el dinero de su padre no le pertenecía. Lo poco que poseía lo había ganado con su propio esfuerzo.

Respiró hondo y entró en la joyería. El lugar no había cambiado desde su última visita, pero las vitrinas parecían más recargadas. Mathilde rodeó a un cliente que admiraba un collar, expuesto en un busto, y se dirigió hacia el joyero que le había atendido varias veces en los últimos años.

—Cuánto tiempo, Jules. ¿Cómo está?

El hombre se atusó el bigote y sonrió, pues había reconocido la voz de Mathilde, pero cuando se fijó en su ropa gastada, cambió el gesto. Su tono al dirigirse a ella se tornó desagradable.

—¿En qué puedo ayudarle?

Mathilde sacó de su bolso el brazalete de su madre y lo dejó sobre la vitrina. Aquella joya representaba el último vínculo con su familia, pero necesitaban el dinero para sobrevivir en los siguientes meses. Cuando el bebé naciese Mathilde buscaría un trabajo y podrían trasladarse a un apartamento.

—Me gustaría vender esta joya.

El joyero examinó el brazalete con detenimiento. Aparentando desinterés, volvió a dejarlo sobre el mostrador.

—Lo máximo que puedo ofrecerle son cinco mil francos.

Mathilde miró al dependiente con estupor. *Cinco mil francos.* Aquella pulsera valía al menos cien mil.

—Pero son diamantes auténticos.

—Muchos judíos intentan vender sus joyas para huir de Europa —explicó el hombre con indiferencia—. La oferta es muy superior a la demanda y eso hace bajar los precios.

Mathilde reflexionó durante unos instantes y decidió no aceptar la oferta. Quizá en otra joyería obtendría un trato mejor. Cuando salió a la calle, miró hacia los lados temiendo encontrarse a la gitana, pero comprobó con alivio que se había marchado. Caminó hacia la pensión con el bolso muy pegado al pecho. En esos días los robos eran frecuentes y el brazalete constituía toda su fortuna.

Al cruzar la Rue de Rive, se percató de que un hombre la observaba desde la acera opuesta. Su aspecto le resultaba familiar y recordó haberse cruzado con él al salir de la pensión.

La joven aceleró el paso y se dio cuenta de que el hombre la seguía. Cada vez que cambiaba de acera, el desconocido lo hacía también.

Llegó a la pensión sin aire en los pulmones y subió las escaleras. Al entrar en la habitación, comprobó que Erik todavía no había regresado de su paseo. ¿Dónde demonios se había metido?

Mientras bloqueaba la puerta con una silla, Mathilde sintió un pinchazo en el vientre, que se convirtió en un dolor impreciso en el abdomen. Se dejó caer en la cama y tuvo el presentimiento de que algo iba mal con el bebé. Faltaban cuatro semanas para el nacimiento del niño y ese dolor no presagiaba nada bueno.

Se levantó con dificultad y se acercó a la ventana. El hombre que la había seguido no estaba en la acera. Mathilde cogió un periódico de la mesilla, pero volvió a dejarlo en su sitio instantes después. ¿Por qué tardaba tanto Erik? ¿Se habría encontrado con el hombre que la seguía?

Arregló los almohadones y se tumbó en la cama para observar el fragmento de cielo que tan bien conocía. Unos pasos resonaron en el pasillo. Si se trataba de Erik, no tardaría en abrir la puerta con su llave. La respiración de Mathilde se aceleró a medida que pasaban los segundos sin que nada sucediese.

22

Erik no había imaginado que la vida en Francia sería tan difícil. La marea de inmigrantes y refugiados extranjeros había favorecido el ascenso de los partidos de extrema derecha y avivado el antisemitismo. En esas circunstancias, resultaba casi imposible para un judío alemán encontrar trabajo.

La población de París inundaba cafés y teatros y el ambiente en las calles era febril. El Gobierno francés acababa de garantizar su apoyo a Polonia en caso de que fuese agredida por Alemania. Conscientes de que la guerra era inevitable, los parisinos se comportaban como un condenado que apurase sus últimas horas de vida.

Erik sabía que en París no estaban seguros. Si los alemanes invadían Francia, su condición de refugiados les causaría problemas. Todas las mañanas hacía cola frente a la Embajada de Canadá, pero las puertas se cerraban inevitablemente antes de que le llegase el turno. Al día siguiente, las colas eran siempre más largas.

Observó las fachadas majestuosas de París. Todos los soberanos franceses, absolutistas y republicanos, habían imprimido su sello en el urbanismo de la ciudad. La capital nunca había sido destruida por el fuego y poseía una inusual unidad de estilo entre inmuebles de idéntica altura, alineados sobre avenidas flanqueadas de árboles.

El ánimo de Erik era especialmente sombrío esa mañana. Había discutido con Mathilde y se sentía culpable. Su mujer llevaba varias semanas recluida en la pensión y tenía que soportar un embarazo difícil. Era su condición de judío la que los había llevado a esa situación.

Fijó su mirada en la superficie del Sena, que arrastraba desperdicios y ramas de árboles. A pocos pasos se encontraba la solución a todos sus problemas. Liberada de él, Mathilde podría regresar a Alemania y sería acogida por su familia. El barón Von Eisler utilizaría sus influencias para borrar cualquier rastro de su matrimonio y el bebé sería considerado plenamente ario.

Durante unos segundos se dejó tentar por la atracción del agua. Un pequeño salto y se liberaría de aquella losa. Pero no podía dejar a Mathilde sola. Ni al hijo que esperaba de ella. Habían superado juntos muchos sinsabores y no iba a rendirse ahora.

Le vino a la mente un encuentro con el barón Von Eisler en 1933, poco después de conocer a Mathilde. Había transcurrido una semana desde su despido del teatro y Erik era consciente de que sería casi imposible encontrar otro trabajo. Los grandes teatros no contrataban a actores judíos y los establecimientos independientes apenas tenían recursos para mantener sus puertas abiertas.

Aquella tarde de 1933, Erik había escuchado unos golpes en la puerta de su apartamento y fue a abrir, creyendo que sería Mathilde. El barón Von Eisler, enfundado en un pañuelo de seda escarlata, entró en el apartamento sin decir una palabra. Se quedó de pie en el pasillo, apoyado en su bastón coronado por la cabeza de un águila.

—Su madre fue una gran actriz —dijo el barón, cuyos rasgos guardaban un gran parecido con los de Mathilde—. La vi actuar una vez en el Deutsches Theater. —Erik levantó la cabeza hacia el retrato autografiado de Lil Stephanus que colgaba de la pared—. Los tiempos han cambiado mucho desde que murió —añadió el barón, con las dos manos apoyadas en su bastón.

Erik comprendió la amenaza implícita en sus palabras. Unos meses atrás había entrado en vigor la «Primera Definición Racial». Un ciudadano alemán era considerado judío si uno de sus padres o abuelos pertenecía a esa religión, en cuyo caso tenía vetado ocupar un cargo público. Los únicos que escapaban a esa prohibición eran quienes habían ocupado su puesto desde antes de 1914, habían combatido en la Primera Guerra Mundial o habían perdido un padre o un hijo en esa contienda.

—Con una simple llamada podría conseguir que acabe en un campo de concentración, pero he decidido ser generoso —añadió Von Eisler—. Estoy dispuesto a pagarle mil marcos si acepta no volver a ver a mi hija.

Erik observó al hombre fijamente. Para evitar un conflicto con Mathilde, el barón quería hacerle creer que la separación había sido iniciativa de Erik.

—¿Y si no acepto su propuesta?

—Con los tiempos que se avecinan no le interesa tenerme como enemigo. Piense en su padre.

Von Eisler sacó un talonario de cheques y escribió en él la cifra de mil marcos. Dejó el papel encima de la mesa y abandonó el apartamento.

Al día siguiente, Erik se encontró con Mathilde cerca del Luna Park. El parque de atracciones había cerrado sus puertas unos meses atrás, a la espera de su inminente demolición para permitir la apertura de una avenida entre el Estadio Olímpico y la Torre de Comunicaciones.

Erik recordaba haber visitado el Luna Park muchos años atrás, con su hermano y su padre. Se acordaba del tobogán que concluía en el lago y también del restaurante, cuyas torres dominaban el recinto. Lo que más le había impresionado, sin embargo, eran las escaleras mecánicas y los fuegos artificiales al atardecer.

Varias golondrinas levantaron el vuelo desde un cable telefónico y descendieron en picado hacia el estanque, cerca del banco donde Erik y Mathilde estaban sentados. Él había pasado varias horas ensayando su conversación con Mathilde, pero no sabía por dónde empezar; y cuanto más tardara, más le costaría hacerlo.

—Creo que es mejor que no nos veamos durante una temporada.

El cuerpo de Mathilde se tensó como un arco.

—¿Por qué dices eso? ¿Te has cansado de mí?

—No es eso.

—¿Tiene mi padre algo que ver?

Erik tardó unos segundos en decir que no. Demasiados para apartar la incertidumbre de la mente de Mathilde.

—Acabo de perder mi trabajo y tú estás acostumbrada a un estilo de vida que no puedo ofrecerte.

Mathilde se levantó y Erik vio que estaba llorando. La mujer se enjugó las lágrimas con la manga del abrigo y se alejó por el sendero de gravilla.

Erik permaneció durante un rato sentado en el banco, observando las golondrinas que dibujaban círculos en el cielo. Unos minutos después, se levantó y enfiló el camino por el que se había alejado Mathilde.

Llevaba un rato sin cambiar de postura y se le había dormido un pie. Entró en un café y pidió un vaso de aguardiente, que bebió de un trago. Con el estómago caliente, decidió regresar a casa.

Las calles de Berlín le parecieron tristes y sin vida. Hasta ese momento no se había dado cuenta de lo importante que era Mathilde para él, y la posibilidad de que desapareciese de su vida le pareció insoportable.

Abrió la puerta de su apartamento y dejó las llaves sobre la mesa del comedor. El cheque del barón Von Eisler seguía en el mismo sitio que el día anterior. Erik lo rompió y quemó los pedazos con una cerilla.

Después se dejó caer en el sofá y cerró los párpados. Se despertó con el sonido del timbre. Había dormido durante una hora y el aguardiente le había dejado un incipiente dolor de cabeza. Se levantó del sofá y caminó hacia la puerta. Tal vez fuese el propietario, que lo acosaba desde hacía semanas para que se mudara del piso. Erik abrió la puerta y, para su sorpresa, vio a Mathilde en el rellano de la escalera.

Sin decir una palabra, ella se lanzó en sus brazos y lo abrazó.

23

El tercer secretario de la Embajada alemana se detuvo en la Rue Pavée, frente a la sinagoga modernista. En las últimas semanas había visitado frecuentemente el barrio de Pletzl, en el corazón del Marais, para obtener los nombres y direcciones de ciudadanos judíos residentes en París. En aquella zona vivían miles de ellos, llegados mayoritariamente del este de Europa a partir de 1880. Y un buen número en los últimos seis años, procedentes de Alemania.

Antes de ser destinado a París, el diplomático había contribuido a preparar la invasión de los Sudetes, una región mayoritariamente alemana que ocupaba parte de Bohemia, Moravia y Silesia. El Acuerdo de Múnich, corroborado por Francia e Inglaterra en 1938, había permitido la anexión de los Sudetes por Alemania y, posteriormente, el establecimiento de un régimen satélite en el resto de Checoslovaquia.

Desde el primer momento, las autoridades alemanas habían establecido oficinas de control en Checoslovaquia, con el objetivo de vigilar a la población e integrar a las industrias locales en el esfuerzo de guerra alemán. La producción de bienes de consumo se dedicó al abastecimiento de la Wehrmacht, y la Gestapo extendió sus redes sobre políticos, intelectuales y judíos. Especialmente sobre aquellos que habían emigrado de Alemania tras la llegada de Hitler al poder.

En premio a su eficacia, el diplomático ocupaba desde hacía unos meses la plaza de tercer secretario de la Embajada alemana en París, cubriendo la vacante dejada tras el asesinato de su predecesor a manos de un judío polaco, un suceso que había desencadenado en Alemania los disturbios de la Noche de los Cristales Rotos.

La proximidad del río Sena le trajo olores familiares. En su juventud había sido miembro del Club Juvenil de Remo de Oberschöneweide, a orillas del río Spree. Berlín, surcada por varios ríos y rodeada de numerosos lagos, era una ciudad ideal para la práctica de ese deporte.

En 1930 había ingresado en las Juventudes Hitlerianas, la organización paramilitar del Partido Nazi que adiestraba a jóvenes de entre catorce y dieciocho años, destinados a engrosar posteriormente las filas de las SS y SA. Las Juventudes Hitlerianas habían adoptado algunas ideas del movimiento *boy scout*, pero sus actividades incluían entrenamientos de naturaleza militar y se toleraba la crueldad entre los reclutas.

Aunque había disfrutado de sus años en las Juventudes Hitlerianas, los mejores momentos de su adolescencia los había pasado en el Club de Remo. Recordó las excursiones de fin de semana, en las que acampaba con sus camaradas a orillas de un lago. A partir de 1932 había empezado a entrenar de forma sistemática y muchos de los ejercicios de remo se realizaban en una embarcación fuera del agua. La camaradería desapareció y, con ella, la diversión, pero sus esfuerzos le permitieron calificarse para participar en los Juegos Olímpicos de Berlín, donde obtuvo una medalla de bronce. La férrea disciplina de aquellos años había modelado y forjado su carácter.

El diplomático se detuvo frente a la pensión en la que se alojaba el matrimonio Friedberg. Según el informe que había recibido de Berlín unos días antes, la propietaria de la pensión había huido de Viena en 1933 y simpatizaba con el Partido Comunista. La mujer era todavía joven, pero la reciente anexión de Austria por Alemania y los rumores sobre la proximidad de la guerra habían encanecido su pelo.

El hombre se ajustó el sombrero y entró en la pensión. Le preguntó a la dueña cuál era la habitación de los Friedberg, pero esta se negó a responder. El diplomático sacó entonces una libreta de su bolsillo y leyó en voz alta la fecha de nacimiento de la mujer, así como la dirección de Viena en la que vivían sus padres. Temblando de miedo, la dueña de la pensión le explicó que los Friedberg ocupaban la segunda habitación en el piso superior.

El hombre subió las escaleras y se acercó a la puerta. Tuvo que llamar varias veces hasta que Mathilde Friedberg le abrió. Había engordado varios kilos y tenía la tez muy pálida, pero no pudo evitar un estremecimiento al verla.

—¡Dieter! ¿Qué haces aquí?

El hombre se quitó el sombrero que había velado su rostro en la Rue de Rivoli y cerró la puerta tras de sí.

—Trabajo en la Embajada alemana.

Aunque había perdido algo de pelo en la coronilla, apenas había cambiado. Mathilde no pudo evitar pensar en cómo habría sido su vida de haberse casado con él.

—¿A qué has venido?

—Mi trabajo consiste en localizar a los judíos alemanes en París. El nombre de tu marido está en esa lista. —Las manos de Mathilde empezaron a temblar—. Si quieres volver a Alemania puedo ayudarte. Las cosas van a complicarse para los judíos cuando empiece la guerra.

Dieter avanzó unos pasos hacia Mathilde y recordó el día en que habían celebrado su «boda» en la cabaña que habían construido juntos. Gretchen casi sufrió un infarto al ver que Mathilde había tomado prestado para la ocasión el velo de novia de su madre.

—En los últimos años he pensado mucho en ti. Estoy dispuesto a perdonarlo todo; le daré mi apellido a tu hijo.

—Mi hijo ya tiene un padre. Y no necesito que me perdones nada.

Dieter se asomó a la ventana y observó la fachada de una charcutería, cuyo nombre estaba escrito en hebreo. A continuación introdujo la mano en el bolsillo de su chaqueta y Mathilde temió que sacase una pistola para convencerla.

—¿Te ha enviado mi padre? —preguntó ella, desafiante.

—Tu padre no tiene nada que ver con esto. Quiero que seas feliz, aunque no sea conmigo.

En lugar de una pistola, Dieter extrajo un sobre del bolsillo y lo dejó encima de la cama. A continuación, abandonó el cuarto.

Mathilde se sentó en la cama y rasgó el sobre. En su interior había dos pasaportes belgas a nombre de Erik y Mathilde Dehaene y sendos pasajes en el vapor *Liberté*, que zarparía de Marsella en unos días con destino a Buenos Aires.

La joven se asomó a la ventana y observó a Dieter, inmóvil en la acera. Sus miradas se cruzaron unos instantes y, antes de que él se marchara, Mathilde tuvo la impresión de que toda su infancia desfilaba frente a ella: percibió las manos agrietadas de Gretchen sobre su rostro; la fuerza de los brazos de su padre mientras la sentaba en sus hombros; los ojos llenos de luz de Dieter durante su primer beso. Pensó con tristeza en las cosas que había perdido, en las personas que habían desaparecido para siempre de su vida, y se dijo que era injusto poder vivir solo una vez.

Le vino a la mente la tarde del año 1933 en la que, al regresar a la mansión de Französische Strasse, su padre la había llamado al salón, unas semanas después de conocer a Erik. Su padre estaba sentado en el sillón con vistas a la terraza y sostenía en la mano una copa de licor.

—Siéntate, Mathilde. Tenemos que hablar. —El barón Von Eisler bebió un trago de su coñac favorito—. El mes que viene hará dos años de tu compromiso con Dieter. Tu madre y yo creemos que ha llegado el momento de fijar la fecha de vuestra boda.

Mathilde permaneció en silencio. No estaba preparada para casarse, pero aún menos para oponerse a su padre. Él siempre sabía lo que era conveniente para los demás.

—Dieter y sus padres vendrán mañana a comer —añadió el barón—. Si estás de acuerdo, fijaremos la fecha de vuestra boda para dentro de un mes.

Mathilde estuvo a punto de decirle que no quería a Dieter, que se sentía asfixiada por la prisión dorada en la que vivía, pero permaneció callada. Su padre le sonrió, sostuvo su cabeza con ambas manos y, como solía hacer cuando era niña, la besó en la frente.

A la mañana siguiente, Gretchen abrió las cortinas de la habitación de Mathilde para dejar entrar el sol. Sabía que la muchacha llevaba un rato despierta, aunque fingiese estar dormida.

La criada se sentó en el borde de la cama y Mathilde reconoció el olor del cuerpo que la había acunado y visto crecer. Gretchen apenas sabía leer. Tras la muerte de su madre tuvo que dejar la escuela para hacerse cargo de sus cuatro hermanos pequeños. A los quince años había entrado a servir en casa de los tíos de Mathilde, en Múnich, y por recomendación de estos se trasladó a Berlín para trabajar en Französische Strasse.

Gretchen era la persona que mejor conocía a Mathilde, la única que podía entrar en su habitación sin llamar a la puerta. Cuando Mathilde enfermó de tifus a los nueve años, su madre la había visitado una sola vez, con un pañuelo en la boca. Gretchen había permanecido junto a ella, día y noche, durante toda su convalecencia.

Gretchen parecía no haber sido nunca joven. No se había casado y, por lo que Mathilde sabía, ni siquiera había tenido un novio. Los jueves, durante su tarde de descanso, iba al cine Península a ver películas en sesión continua, pero regresaba a casa antes de las siete para bañar y acostar a su protegida. Mathilde era toda su vida.

—¿Qué voy a hacer, Gretchen?

La mujer acarició el pelo de Mathilde, pero no dijo nada. Dieter era un joven apuesto y lo había visto jugar con Mathilde desde que eran niños. El barón Von Eisler quería más que nadie ese matrimonio, pero a Gretchen eso no le importaba. Lo único que contaba para ella era la felicidad de Mathilde.

—Mi abuela solía decir que se puede engañar a todo el mundo, pero no a uno mismo.

Mathilde leyó la ternura que desprendían sus ojos y tuvo la certeza de que Gretchen habría saltado delante de un tren en marcha para protegerla. Observó a través de la ventana el roble centenario, desde cuyas ramas Dieter y ella habían cazado los «monstruos» que vivían en el jardín. Ninguno de los dos debería haber crecido.

Cuando Gretchen la dejó sola, Mathilde se sentó frente al espejo. Pensó que había alcanzado la cima de su belleza y que a partir de ese momento esta no haría sino declinar. Si se casaba con Dieter acabaría participando en una coreografía perfectamente orquestada para ella. Igual que su madre. No estaba segura de qué quería hacer con su vida, pero sabía lo que *no* quería. Por otro lado, sus padres la habían acostumbrado desde niña a la satisfacción de todos sus caprichos. ¿Sería feliz sin dinero? ¿Qué pasaría si Erik se cansaba un día de ella?

Se puso un vestido de gasa violeta, que su padre había comprado para ella durante su último viaje a París, y bajó al salón para recibir a los invitados.

Dieter y sus padres llegaron exactamente a la hora prevista. El barón Von Eisler condujo a su futuro consuegro hacia el cenador, para fumar un habano y charlar sobre su proyecto inmobiliario. Su esposa fue a enseñarle a la madre de Dieter las rosas que había plantado junto a la terraza.

Mathilde y Dieter entraron en el salón y se sentaron en el sofá, de cara al jardín. El viento balanceaba ligeramente el columpio con el que habían jugado tantas veces de niños. Mathilde oyó hablar a Dieter, sin prestar atención a lo que decía. Este había solicitado un cargo en la Embajada alemana en Roma y gracias a los contactos de su familia estaba seguro de obtenerlo. Mathilde recordó el entusiasmo que Dieter había experimentado a los doce años, tras asistir a una actuación del mago Bert Allerton. En los meses siguientes se había dedicado con tesón a desentrañar sus trucos, que había repetido hasta la saciedad ante Mathilde: el cigarrillo que desaparecía, la cuchara doblada con el esfuerzo de la mente, la flor que saltaba de una solapa a la otra. Desde su ingreso en las Juventudes Hitlerianas y posteriormente en las SS, los gestos de Dieter se habían vuelto más secos y seguros. El pragmatismo, una de las divisas de las SS, era exactamente lo contrario de lo que Mathilde quería en su vida.

—No puedo casarme contigo —balbuceó Mathilde, incapaz de controlar el temblor en su voz.

Dieter la miró con desconcierto.

—Si no quieres vivir en Roma puedo solicitar un puesto en otra embajada. También podemos quedarnos en Berlín.

Mathilde pensó que, al igual que su abuelo, un general prusiano fallecido durante la guerra de 1914, Dieter poseía unas dotes de mando que invitaban a seguirlo a través de ríos helados y trincheras llenas de barro. Pero no hasta el altar.

—Nos conocemos demasiado —dijo ella, buscando las palabras adecuadas para no herirlo—. Nuestra vida sería demasiado previsible.

—Creía que estabas de acuerdo con la boda.

Mathilde acarició la mejilla de Dieter. Después abrió la puerta de la terraza, pasó delante de las dos mujeres que admiraban las rosas y salió a la calle.

Aunque su vestido de gasa no era el más adecuado para la estación, no sintió frío. No llevaba dinero para tomar un taxi y sus zapatos eran incómodos, pero no se arredró por ello. Por primera vez en su vida se sentía libre.

Caminó hacia la casa de Erik y, a medida que se acercaba, las dudas empezaron a asaltar su mente. Pasara lo que pasara no se casaría con Dieter. Su padre no se lo perdonaría, pero era la única decisión posible. *Podía engañar a todo el mundo, pero no a sí misma.*

El apartamento de Erik estaba situado en una de las alas del palacio Bellevue. El cuerpo central del edificio neoclásico, antigua residencia de los príncipes de Prusia, estaba ocupado por el Museo Etnográfico, mientras que las alas laterales albergaban viviendas de alquiler. El Gobierno había expresado repetidamente su voluntad de expulsar a los inquilinos, a fin de devolver al palacio su antiguo esplendor.

Mathilde subió por las escaleras y llamó a la puerta. Esperó durante una eternidad, con su corazón latiendo de forma desbocada. El rostro de Erik, al abrir la puerta, demostraba que Mathilde era la última persona a la que esperaba encontrarse.

—He anulado mi compromiso con Dieter. No voy a casarme con él.

Erik le franqueó el paso. No se había afeitado esa mañana y tenía un aspecto desaliñado.

—¿Y qué piensa tu padre de ello?

Mathilde no iba a permitir que su padre volviese a decidir por ella. Nunca más. Con manos temblorosas dejó caer su vestido; a continuación, la combinación de encaje.

—¿Estás segura de lo que haces?

Era la primera vez que Mathilde se desnudaba delante de un hombre y tenía la impresión de encontrarse al borde de un precipicio. Recordó el escándalo provocado por el embarazo de una compañera en la universidad y la forma en que esta había sido estigmatizada. El sexo le inspiraba curiosidad, pero sobre todo miedo y aprensión.

Erik observó el cuerpo desnudo de Mathilde durante unos segundos. Se acercó lentamente a ella y la besó en el cuello. Con delicadeza, la llevó en volandas hasta la cama. A partir de ese momento, ninguno de los dos podría dar marcha atrás.

24

Camille movió un brazo para buscar el cuerpo de su amante, pero descubrió que estaba sola en la cama. El reloj situado en la mesilla marcaba las diez de la mañana. Hacía tiempo que no dormía tanto.

En los últimos años se había ganado la vida posando desnuda en Montmartre, pero los pintores solían disponer de poco dinero y en ocasiones lo único que recibía en pago era una comida caliente. Desde hacía un año trabajaba como vendedora en las galerías Printemps, en el Boulevard Haussmann. El sueldo era modesto, pero le permitía pagar la pensión y obtener descuentos en los vestidos que alimentaban su sueño de que un hombre rico se encaprichara de ella.

Al lado de la cama había una mesa portátil con un servicio de desayuno. La mujer se levantó y abrió el caparazón metálico. En su interior había un juego de café y varios *croissants*, junto a pequeños tarros de mermelada con etiquetas en inglés. Aquel era uno de los privilegios de su vida de cortesana.

Entró en el cuarto de baño y se arregló el pelo. Después se puso un albornoz blanco, con las iniciales del hotel, y se sentó a desayunar mientras observaba el jardín de las Tullerías.

De repente sintió miedo de que su amante la hubiese abandonado. No era la primera vez que uno de sus admiradores la dejaba tirada. Cuando obtenían lo que querían, los hombres tendían a olvidarse de sus promesas y la trataban como si fuese un trozo de pan del día anterior.

Abrió el armario de la habitación y vio que la ropa de su amante seguía colgada en él. Quizá se había marchado con la esperanza de que al regresar ella se hubiese ido. Recordó su fogosidad la noche anterior y pensó que no parecía un hombre dispuesto a librarse de ella. Más bien lo contrario.

Para calmar su inquietud decidió darse un baño. Abrió el grifo de la bañera y vertió en él un frasco de champú, a fin de crear una montaña de espuma. El lujo de la habitación contrastaba con la sordidez de la pensión donde ella vivía.

Iba a entrar en la bañera cuando oyó que llamaban a la puerta, y se alegró de que su amante hubiese regresado. Se ajustó el cinturón del albornoz y fue a abrir.

Delante de ella vio a un hombre que, sin ella saberlo, había sido su sombra en los últimos días. Tenía los ojos inyectados de sangre. Sin darle tiempo a reaccionar, Henri Vancelle le propinó un puñetazo que la hizo caer de espaldas. La mujer gritó para pedir ayuda, pero el hombre se abalanzó sobre ella y le asestó más golpes. La joven intentó defenderse con los brazos, pero fue en vano. Henri le apretó el cuello con las manos y la arrastró hacia el interior del cuarto, y siguió apretando hasta que dejó de respirar.

Tumbado al lado del cadáver, Henri observó el techo estucado de la habitación. Su ira dejó paso a una vaga sensación de melancolía. Acarició el pelo oscuro de la mujer, cuyos ojos abiertos reflejaban el pavor del último instante, y se abrazó a ella. Permaneció así unos instantes, hasta que reparó en que los gritos habían tenido que alertar a algún cliente del hotel y decidió abandonar el cuarto.

25

Henri observó a los manifestantes que desfilaban por Rue du Faubourg-Saint-Honoré entonando sus proclamas contra la guerra.

La división entre belicistas y pacifistas amenazaba con romper la coalición gubernamental. Henri estaba en desacuerdo con ambas posturas: Francia debía entrar en guerra, pero no como aliada de Inglaterra, sino de Alemania. Aunque discrepaba de quienes deseaban declarar la guerra a Alemania, respetaba al menos su posición. Los pacifistas que desfilaban por París esa tarde le provocaban repugnancia.

Se unió al resto de simpatizantes del grupo fascista y apretó la barra de hierro que llevaba oculta bajo la ropa. Mientras caminaba se fijó en las fachadas de la ciudad. París ejemplificaba la arrogancia que Henri odiaba de Francia. Alsacia, su región natal, había sido ocupada en 1919, según lo estipulado por el Tratado de Versalles, y la población alsaciana fue dividida en cuatro categorías, según su origen. Los franceses *puros* obtuvieron 1.25 francos por cada marco canjeado. Los alemanes residentes en Alsacia obtuvieron una tasa de cambio de 0.8 francos por marco. En las semanas siguientes a la anexión, los comercios de los ciudadanos alemanes fueron saqueados, con el consentimiento de las autoridades francesas, y muchos alsacianos fueron obligados a partir con una maleta y trescientos marcos por persona, mientras sus vecinos les insultaban en su camino hacia el exilio. Aunque entonces era solo un niño, Henri nunca olvidaría aquella humillación.

Al llegar al lugar convenido con anterioridad, los simpatizantes fascistas empezaron a agruparse. Cuando el cabecilla dio la señal, se abalanzaron sobre los manifestantes y empezaron a golpearlos indiscriminadamente. El objetivo era disolver la protesta y acusar a los manifestantes de haber provocado los disturbios.

Vancelle utilizó su barra de hierro sobre varios hombres. Un golpe, en la cara o la espalda, solía ser suficiente para doblegar su resistencia. Un manifestante, sin embargo, se defendió de su ataque a puñetazos y Henri tuvo que ensañarse con él.

Sin reparar en la llegada de la policía, golpeó al hombre hasta que su sangre creó un charco en la acera. Y siguió haciéndolo, incluso después de muerto.

26

Mathilde hojeó la guía turística de Argentina y pronunció con voz callada, para no despertar a Erik, las palabras españolas del glosario. La lengua era similar al francés y no tendrían problemas para aprenderla. En Argentina nadie sabría que Erik era judío.

Cerró el libro y lo dejó sobre el asiento de madera. Erik dormía a su lado, en el compartimento vacío. Mathilde se acarició el vientre y observó los bosques y campos de colza, las granjas que el tren dejaba lentamente atrás. En unas horas llegarían a Marsella y al día siguiente se despedirían de Europa.

Se levantó para estirarse y reprimió un grito de pánico al ver que un hilo de sangre descendía por su pierna derecha. Volvió a sentarse y sintió un pinchazo en el vientre. Faltaban solamente unas horas para llegar a Marsella y lo que tanto había temido estaba sucediendo. Tenía que aguantar hasta que estuviesen dentro del barco.

—¿Qué pasa? —le preguntó Erik al abrir los ojos y ver el rostro compungido de su mujer.

—Es el bebé —dijo Mathilde, apretando los dientes.

—¿Has roto aguas?

Mathilde sintió que su vientre ardía y reprimió un grito de dolor. Erik salió al pasillo y corrió en busca del revisor. Regresó unos minutos después con un hombre pequeño que aseguró ser médico. Mathilde estaba cada vez más pálida y parecía a punto de desvanecerse.

Erik le explicó al hombre, lo mejor que pudo, el diagnóstico del médico que había atendido a su mujer en París. El hombre se ajustó sus anteojos de metal y le pidió a Mathilde que se tumbara en el asiento de madera. Cuando puso las manos sobre su vientre para comprobar el estado del feto, Mathilde soltó un aullido de dolor. El médico le pidió a Erik que lo siguiese al pasillo.

—Hay que provocar el parto inmediatamente. Tienen que bajar en la próxima estación y ponerse en manos de un médico con el instrumental adecuado.

—Pero tenemos que llegar a Marsella. Nuestro barco zarpa mañana y...

—No me ha entendido —lo interrumpió el hombre—. Si quiere que su mujer y su hijo sobrevivan, tienen que bajar del tren en la próxima estación.

27

Morly

Flore Saint Matthieu observó la máquina de coser que adornaba el escaparate. Con su pedal y su luz eléctrica, aquella máquina le permitiría reducir sus largas jornadas de trabajo y aceptar más encargos de costura. Si seguía ahorrando a ese ritmo, podría comprarla en menos de un año.

Los Saint Matthieu habían llegado a Morly tres años atrás, procedentes de La Rochelle. Su marido padecía una afección respiratoria y el departamento de Vaucluse ofrecía un clima más favorable. Conscientes del antisemitismo que reinaba en Francia, habían decidido ocultar su identidad judía a sus nuevos vecinos.

La mujer echó un último vistazo a la máquina de coser y se dirigió a su casa. Era casi mediodía y aún tenía que hacer la comida.

Al pasar delante de la consulta del médico, vio que varias personas se agolpaban frente a la puerta. El médico no recibía pacientes los sábados y *madame* Saint Matthieu le preguntó a uno de sus vecinos qué ocurría. Al parecer, una mujer embarazada había descendido del tren con destino a Marsella y se encontraba en estado grave. Alguien había ido a buscar al médico, pero este se encontraba pescando y tardaría una hora en llegar.

Flore Saint Matthieu había ejercido el oficio de comadrona en La Rochelle durante más de veinte años. Aquel trabajo exigía espíritu de sacrificio y la voluntad de ayudar a otros, pero le había proporcionado grandes alegrías. Había atendido a parturientas de día y de noche y nunca había rechazado una llamada. Nada era comparable a la tristeza de una madre que perdía a su hijo después de ocho meses de embarazo ni a la alegría de traer un niño al mundo. Por desgracia, demasiados partos presentaban complicaciones y concluían con la muerte de la madre o del niño. A pesar de ello, el trabajo de comadrona le parecía el mejor del mundo y había supuesto una compensación al hecho de no tener hijos propios.

Entró en el consultorio y se acercó a la mujer. Su rostro estaba lívido y los años de experiencia le hicieron ver que su vida pendía de un hilo. El parto debía ser provocado de inmediato. Flore había decidido enterrar su vida pasada para ocultar su identidad judía, pero la vida de esa mujer y su bebé estaban en juego.

Se arremangó la blusa e invitó a los curiosos a marcharse, con excepción del marido y de una mujer que solía ayudar al médico en la consulta. Le pidió a esta que hirviese agua y examinó a la paciente. El cuello del útero todavía no había empezado a dilatarse y tendría que hacerlo *madurar*. Una vez conseguida la inducción, el trabajo de parto continuaría hasta que la cérvix estuviese completamente dilatada y el bebé naciese por medios naturales. Había plantas y remedios para estimular artificialmente las contracciones, pero no disponía de esas sustancias. Ni de tiempo.

Flore Saint Matthieu habló con la mujer, cuyo nombre era Mathilde. Estaba muy débil, pero necesitaría su ayuda durante el parto. Al encontrarse en la recta final del embarazo, el bebé tenía posibilidades de sobrevivir a un parto provocado. La comadrona le explicó la situación y, como siempre hacía con las parturientas, le pidió su consentimiento antes de intervenir.

Mathilde estaba aterrorizada, pero le dio su autorización. Flore Saint Matthieu se lavó las manos concienzudamente y desinfectó el instrumento afilado que utilizaría para romper el saco amniótico.

El oficio de comadrona era el mejor del mundo, pero a veces podía ser también el peor.

Segunda parte

28

París, 1943

Henri Vancelle llevaba tres años en prisión, a la espera de su juicio. El comienzo de la guerra había retrasado su proceso y no tenía esperanzas de salir pronto de la cárcel.

Su celda le recordaba a su habitación en la casa familiar, con la diferencia de que al menos no tenía que convivir con su padre ni con su tía Charlotte. En los últimos años había tenido mucho tiempo para pensar y analizar su situación: su único remordimiento provenía de haberse dejado detener por la policía.

La puerta de la celda se abrió y un guardia le ordenó que lo siguiese. Henri accedió a una sala de interrogatorios llena de humo. Un hombre, vestido con un traje marrón y una corbata del mismo color, le indicó al guardia que los dejase solos. Invitó a Henri a sentarse y, a continuación, abrió una carpeta que se encontraba sobre la mesa.

—Militancia en la disuelta agrupación Cruz de Fuego —leyó en voz alta—. Asesinato de un militante durante una manifestación pacifista. —El hombre aspiró el humo de su cigarro y lo expulsó lentamente—. Y, desde hace unos días, acusado de matar a tu hermana —prosiguió—. Según un testigo tu padre no pudo haberlo hecho, porque estaba con él en ese momento.

Henri miró al hombre a los ojos. El asesinato de su padre a manos de su tía Charlotte, el silencio de esta sobre lo sucedido aquella noche y su internamiento, a petición propia, en un sanatorio psiquiátrico habían hecho creer a la policía que la muerte de Sophie había sido obra de su padre.

—¿Quién es ese testigo?

El hombre dejó caer en el suelo la ceniza del cigarro.

—Arnaud Chevalier, un vecino tuyo. Asegura que tu padre no pudo matar a tu hermana, porque fue a verlo esa noche.

Henri apretó los dientes. Tendría que haber matado a los Chevalier aquella misma noche, como había sido su primer instinto.

—¿Has oído hablar de la Milice? —Henri negó con la cabeza—. Vamos a limpiar Francia de judíos y comunistas. Construiremos una patria nueva.

—¿Y qué gano yo con eso? —preguntó Henri.

El hombre sonrió, mostrando varios dientes de oro.

—Para empezar, saldrás de este agujero. Y podrás matar a todos los comunistas que quieras.

A Henri se le ocurrió otro motivo. Tenía una deuda pendiente con los Chevalier; y esta vez iba a cobrarla.

29

Morly

Erik Friedberg pasó la lija sobre la pieza de madera, acarició su superficie con la yema del pulgar y se dio por satisfecho con el resultado. A la mañana siguiente aplicaría el barniz y pegaría la talla de Jesucristo.

Le vino a la mente su interpretación del personaje de Fausto, que le había valido una felicitación del gran Emil Jannings. Si alguien le hubiese dicho entonces que acabaría viviendo en un pueblo de Francia y que se ganaría la vida fabricando crucifijos, habría pensado que le tomaban el pelo. Aunque tampoco habría creído que el autor de *Mein Kampf* llegaría a ser el hombre más poderoso de Europa. Recordó un día de 1930, en Schauspielhaus, en el que varios miembros de las SA intentaron boicotear un ensayo. Todos los actores, Erik entre ellos, se habían reído de su fanatismo. Habrían hecho mejor en tomarlos en serio.

Erik había estado presente en la plaza de la Ópera de Berlín, el 10 de mayo de 1933, cuando miembros de las SA y de las Juventudes Hitlerianas quemaron miles de libros que atentaban contra el «espíritu alemán», entre ellos obras de Thomas Mann y Stefan Zweig. Muchos estudiantes universitarios, que habían encontrado en el nazismo un medio para expresar su descontento, participaron en el acto. Heinrich Heine, cuyos libros habían sufrido el mismo trato, había profetizado cien años antes que «donde se queman libros, se acaba quemando también a personas».

Erik pensó que la vida era una concatenación de oportunidades, muchas de ellas perdidas. Si unos años atrás hubiesen conseguido embarcar en el vapor *Liberté*, ahora estarían en Buenos Aires y las cosas serían muy distintas. La hemorragia que estuvo a punto de acabar con la vida de Mathilde les obligó a descender en un pueblo dictado por el azar. En Morly había nacido su hija Marie y allí habían sido testigos, unos meses después, del comienzo de la guerra.

Marie había cumplido cinco años y los Friedberg, que ahora se hacían llamar Dehaene, se habían acostumbrado lentamente a su nueva vida. Mathilde ganaba un pequeño sueldo vigilando a los niños en la escuela, mientras que Erik se dedicaba a tallar crucifijos, piedades y representaciones de santos que vendía los domingos después de misa a la puerta de la iglesia.

Lo que más les había costado era adaptarse a la vida en un pueblo pequeño. Berlín era una ciudad vibrante, un animal que respiraba con su propio ritmo. En Morly todo el mundo se conocía y la curiosidad de sus vecinos podía resultar peligrosa. Allí apenas llegaban noticias de la guerra y las que lo hacían no auguraban nada bueno para los judíos.

Los Friedberg mantenían una relación correcta con todos sus vecinos, pero solo confiaban en Flore Saint Matthieu y su marido. De no ser por ella, Mathilde y Marie no habrían sobrevivido.

Desde el nacimiento de la niña habían intimado rápidamente con los Saint Matthieu, que les confesaron que eran judíos. Ellos correspondieron a su sinceridad explicándoles su verdadera historia, pero no informaron a nadie más. Eran tiempos de delaciones y miseria y resultaba preferible que su secreto estuviese en manos de poca gente.

La presencia de Marie conseguía que Erik se olvidase de la guerra y de todas las privaciones. Marie era una niña alegre, a la que le gustaba dibujar y fantasear. Despierta e inteligente, daba la impresión de tener una madurez superior a su edad y se pasaba el día inventando historias que desarrollaba hasta el más mínimo detalle. Cada vez que la miraba, Erik veía en ella el retrato de Mathilde.

—¿No tienes sueño? —le preguntó su mujer, desde el umbral de la habitación.

Erik se dio la vuelta para mirarla. Desde su llegada a Morly hablaban solo en francés, para no delatar sus orígenes alemanes. Cuando sus vecinos le preguntaban a Erik por su dicción extranjera, él declaraba que su lengua materna era el flamenco, una explicación que su pasaporte belga volvía verosímil.

Erik miró a su mujer con ternura. Cuando realizaba sus tallas el tiempo pasaba volando. Dado que el apartamento era pequeño, utilizaba el dormitorio como lugar de trabajo. Mathilde no podría acostarse hasta que él terminara.

—¿En qué estabas pensando? —le preguntó Mathilde.

—En el día en que nos conocimos. Eras la muchacha más bella del mundo.

Erik se levantó de la silla y besó a su mujer. Caminaron hacia el salón y vieron que Marie se había quedado dormida, con un lápiz en la mano. Su pelo castaño y su piel de alabastro le conferían el aspecto de una muñeca de porcelana. Erik cogió a la niña en brazos y la acostó en la cama.

—Los Saint Matthieu nos han invitado a celebrar Yom Kipur en su casa —informó Erik a su mujer al regresar al salón.

Mathilde sintió un escalofrío. Yom Kipur era la festividad más importante del calendario hebreo, pero Erik nunca había practicado su religión y resultaba fácil olvidar sus orígenes.

La situación de los judíos había empeorado en Francia en los últimos meses. Junto a masones, comunistas, gitanos y homosexuales, los judíos eran considerados «indeseables» por el régimen de Vichy. El Estatuto de los Judíos había restringido sus derechos, obligándoles a portar una estrella amarilla en un lugar visible. La redada de Vel d'Hiv, ocurrida en 1942, había confirmado los temores de Mathilde. Miles de judíos habían sido confinados en el Velódromo de Invierno de París, en condiciones inhumanas, antes de ser deportados a un campo de concentración.

—Solo serán unos minutos —intentó tranquilizarla Erik—. Recitaremos la oración *Kol Nidre* y volveremos a casa.

Mathilde tenía miedo, pero Marie y ella no estarían vivas de no ser por Flore Saint Matthieu. Lo último que deseaba era ofenderla.

—¿Y si los vecinos nos oyen?

Erik abrazó a su mujer.

—Nadie nos oirá. En Morly nadie sospecha que los Saint Matthieu son judíos.

30

Madame Renard había probado todos los remedios para engañar al hambre. Bebía agua a pequeños sorbos, dormía varias veces al día y paseaba constantemente por su apartamento. Pero el hambre regresaba siempre. Sus intestinos rugían a todas horas y no conseguía pensar en otra cosa. A veces era incapaz de dormir.

Las pequeñas cantidades a las que daba derecho su cartilla de racionamiento no eliminaban sus ganas de comer, sino más bien las aumentaban. Era difícil sobrevivir con menos de 1.200 calorías diarias, o lo que era lo mismo: 75 gramos de carne, 275 de pan, 25 de mantequilla, 9 de queso, 14 de mermelada, 35 de azúcar y 13 de café.

Las primeras cartillas habían sido introducidas en 1940 para productos básicos como el pan, la carne y el azúcar. La población francesa, con excepción de los militares, fue dividida en varias categorías: la E se asignó a los niños menores de tres años; la J1, a los niños de entre tres y seis años; la J2, a aquellos de entre seis y doce. La letra V correspondía a las personas de más de setenta años, mientras que entre los doce y los setenta había dos categorías: la letra T, si se realizaban trabajos que exigían un esfuerzo físico pronunciado o, en caso contrario, la letra A. Los Renard habían recibido cartillas con esta última letra, lo cual les daba derecho a raciones ínfimas, sin acceso a la leche —reservada a niños y ancianos— ni al vino, que correspondía a los adultos que realizaban trabajos penosos.

Para *madame* Renard, los judíos tenían la culpa del encarnizamiento de los alemanes con la población francesa. No les había llegado con enriquecerse a costa de sus conciudadanos durante los últimos siglos. Los gobiernos del Frente Popular habían permitido la entrada en Francia de muchos judíos extranjeros. Con tantas bocas que alimentar, no era extraño que faltase comida y que las raciones fuesen tan pequeñas.

Madame Renard caminó por el pasillo, intentando olvidarse del hambre. Fue entonces cuando escuchó una suerte de cántico. Salió a la escalera y aguzó el oído. La música venía del apartamento de los Saint Matthieu.

—¿Qué estás haciendo? —le preguntó su marido.

Madame Renard le hizo un gesto para que se callara. Se trataba sin duda de una oración pagana. Hacía tiempo que sospechaba que los Saint Matthieu eran judíos. Argumentando que no tenían tiempo, nunca acudían a la iglesia.

La mujer regresó a su apartamento y fue a la cocina para comer un trozo de pan, que le hizo sentir todavía más hambre.

Escuchó un ruido en la escalera y corrió de puntillas hacia la entrada. Al asomarse por la rejilla, vio salir de casa de los Saint Matthieu al matrimonio Dehaene, acompañados de su hija Marie.

31

Al regresar de casa de los Saint Matthieu, Mathilde se dejó caer en el sofá. Estaba agotada, pero sabía que Marie esperaba con ansiedad ese momento. Cada noche inventaban una historia, en cuya elaboración avanzaban juntas. La única condición era que debía tener un final feliz.

Mathilde ayudó a la niña a ponerse el pijama y se acostó con ella en la cama. Entre las dos desarrollaron la historia de un búho que era incapaz de volar y caminaba hasta un país donde un rey magnánimo le regalaba un polvo dorado que le permitía volver a servirse de sus alas. Cuando acabaron la historia, Mathilde le dio un beso a la niña y apagó el candil. Luchando con el sueño, fue a la cocina para reunirse con su marido.

—¿Qué haces? —le preguntó a Erik al ver unos papeles sobre la mesa de la cocina.

—He recibido una carta de mi hermano.

Mathilde miró a Erik con estupefacción. Todas las cartas dirigidas al extranjero eran interceptadas por la policía. A veces tenía la impresión de ser la madre de Erik en vez de su esposa.

—¿Cómo tiene Gabriel nuestra dirección?

—No la tiene —respondió él—. Firmé la carta con el apellido de mi madre y fue enviada por el párroco de Morly.

—¿Qué le has contado al sacerdote?

—La verdad, pero estoy seguro de que no hablará con nadie.

Erik explicó que su hermano había abandonado Bergen dos años atrás para establecerse en Londres, el lugar elegido por el rey de Noruega y su Gobierno para el exilio. Aunque Noruega se había proclamado neutral al empezar la guerra, los alemanes la habían invadido en junio de 1940.

—Gabriel dice que el Gobierno francés ha acelerado la deportación de judíos a campos de concentración. Tiene un contacto en la Cruz Roja de Brest; podría ayudarnos a llegar a Inglaterra.

Mathilde no se sentía segura en Morly, pero no estaba dispuesta a poner en peligro la vida de Marie por una quimera.

—¿Y cómo pretendes cruzar el canal de la Mancha sin que los alemanes nos descubran?

—Existen rutas clandestinas.

Rutas clandestinas. Erik parecía haber olvidado que tenían una hija de cinco años. Hacer un viaje con Marie al pueblo vecino era ya una aventura.

—Hasta ahora, Morly ha sido un lugar seguro para nosotros —dijo ella—. En Inglaterra podría irnos mucho peor.

—Siempre será mejor que vivir en un país ocupado. ¿Qué futuro le espera a nuestra hija en Francia?

Mathilde sintió un escalofrío. Si los alemanes ganaban la guerra, a Marie le esperaba el mismo futuro en cualquier lugar de Europa.

32

Mathilde tocó el silbato dos veces para señalar el fin del recreo. Desde que Erik le había expresado su deseo de huir a Inglaterra estaba muy nerviosa. Los judíos franceses estaban siendo deportados a campos de concentración, pero solo los Saint Matthieu conocían su identidad judía. ¿Por qué emprender un viaje tan peligroso?

Le sonrió a Marie, que entró en las aulas con el primer grupo de niños, y tocó el silbato otra vez para llamar a los rezagados. Renée, como siempre, estaba sola en el patio. Su padre colaboraba con los alemanes, y muchas familias habían impuesto a sus hijos que no jugasen con ella. Mathilde pensó que el mundo se había vuelto loco cuando los niños pagaban de esa forma por los errores de sus padres. Se acercó a Renée y con un gesto cariñoso la condujo hacia el edificio.

En las aulas colgaban retratos del mariscal Pétain y los niños entonaban todas las mañanas la canción *Mariscal, aquí estamos,* el himno extraoficial de Francia durante la ocupación alemana.

Morly se había mantenido relativamente al margen de la guerra, pero en el colegio —y fuera de él— se respiraba un sentimiento de humillación. Algunos profesores habían combatido durante la Primera Guerra Mundial y el patriotismo había sido instigado a los niños en el periodo de entreguerras mediante visitas a los monumentos a los caídos. Algunas cruces de Lorena, símbolo de la Francia libre, aparecían dibujadas esporádicamente en los encerados de las clases.

Mathilde hizo un recorrido por las aulas para asegurarse de que todos los niños estaban sentados. Al entrar en una de ellas se quedó petrificada. Alguien había dibujado en el encerado una mujer ahorcada con una estrella amarilla en el pecho. La obligación de Mathilde era avisar al director, pero se sintió paralizada por el miedo. ¿Se trataba de una alusión a ella? El acento de Erik era extranjero y pensó que sería mejor no llamar la atención sobre ese asunto. Con piernas temblorosas, caminó hacia el encerado y borró el dibujo. *Madame* Rosier, la maestra del primer curso, entró en la clase en ese momento y Mathilde se asustó tanto que dejó caer el borrador al suelo.

—¿Se encuentra bien, *madame* Dehaene?

Mathilde asintió en silencio y abandonó la clase, pero la maestra caminó tras ella y le dio alcance al fondo del corredor.

—¿Sucede algo? —le preguntó Mathilde, alarmada.

—No sé cómo decirle esto —susurró la maestra, mirando a su alrededor—. He oído rumores de que su marido y usted son judíos. No sé si es cierto ni me importa. Quería contárselo para que tenga cuidado. —Mathilde le dio las gracias y, como una autómata, se dio la vuelta para marcharse—. Tiene motivos para estar orgullosa de Marie —añadió la maestra—. Es una niña muy inteligente.

Mathilde sonrió con tristeza y abandonó la escuela. Su trabajo había terminado por esa mañana y, armada con su cartilla de racionamiento, se dirigió a la panadería. Hizo cola frente a las estanterías casi vacías y, cuando le llegó el turno, pidió su ración de pan negro, fabricado con una harina que mezclaba maíz, cebada y arroz.

Morly había dejado de ser un lugar seguro para ellos. En un pueblo tan pequeño, era cuestión de tiempo que aquel rumor se extendiese. Si los alemanes descubrían que eran judíos, acabarían en un campo de concentración.

Quizá Erik tuviese razón. Tal vez deberían huir a Inglaterra.

33

Provenza

Paul Chevalier se desplazó unos centímetros bajo el saliente de roca para protegerse del sol. Con ese calor, ningún animal abandonaría su madriguera. Tendría que esperar al menos un par de horas para avistar una pieza de caza.

Desde el comienzo de la guerra resultaba imposible conseguir munición y aquellos eran sus últimos cartuchos. Vichy había prohibido la posesión de armas de fuego, pero Paul había cazado en esos montes antes de que llegasen los alemanes; y lo seguiría haciendo cuando se hubiesen marchado.

La invalidez de su padre, a consecuencia de las heridas recibidas durante la guerra de 1914, había permitido a Paul escapar de la movilización general decretada en 1939. Gracias a ello había evitado compartir la suerte de los dos millones de soldados franceses que, desde el armisticio de 1940, se encontraban en cautiverio alemán.

La muerte de Sophie, cinco años atrás, había vuelto a Paul aún más taciturno. Nunca había creído la versión, aceptada por el juez, de que El *Boche* había matado a Sophie con su escopeta, antes de que Charlotte le asestara varios golpes en la cabeza con un hierro para marcar las reses. Nunca sabría qué había sucedido exactamente, pues Charlotte había guardado silencio desde aquel día, incluso tras ser ingresada en un sanatorio psiquiátrico, pero El *Boche* no había podido asesinar a su hija, pues esa noche había ido a visitar al padre de Paul para advertirle de que este no se acercara a Sophie. Paul estaba convencido de que Henri había asesinado a su hermana.

Apoyó la escopeta en el suelo y, con los ojos cerrados, se dejó invadir por el sopor de la tarde. Recordó al lobo albino que unos meses atrás había atacado varias granjas de los alrededores. Los lobos no solían pesar más de cuarenta kilos, pero este tenía fuerza suficiente para abatir a un buey. Su pelaje era completamente blanco, con excepción de una mancha gris en el entrecejo.

El albino había pasado semanas merodeando las granjas, escarbando debajo de las puertas y atacando los cercados. El miedo solía llevar a las ovejas a romper las vallas, lo cual permitía a los lobos seguirlas por la pradera y degollarlas. Algunos campesinos habían organizado una batida, pero el olor del albino ahuyentaba a los perros.

Paul se había lanzado al monte en solitario, armado con su escopeta, para seguir las huellas del animal. Durante los días que duró su búsqueda tuvo la impresión de comunicar con el lobo, como si el viento transmitiese sus pensamientos.

Los lobos solían cazar de noche y dormían durante el día. Igual que los zorros, se acercaban a sus presas sin hacer ruido y caían de un salto sobre ellas. A diferencia de aquellos, no se asustaban durante las batidas. Nunca atacaban al ganado cerca de las madrigueras donde criaban a sus lobeznos y si caían en un cepo, no dudaban en cercenar la pata prisionera para escapar.

Seguir las huellas del albino no fue una tarea fácil. El lobo evitaba los lugares embarrados, privilegiando las hojas o el terreno seco para no dejar huellas, y caminaba apoyando la pata trasera sobre la marca dejada por la delantera. Un cazador poco experimentado habría podido confundir las huellas de un lobo con las de un perro, pero no Paul. Un lobo tenía la pata más estrecha y las garras más unidas.

Su búsqueda le llevó a Paul una semana. El albino no poseía madrigueras fijas y solía cambiar con frecuencia de dominios de caza. Cuando lo tuvo a la vista, Paul no disparó. Lo miró desde la distancia y el lobo comprendió. A partir de aquel día ninguno de sus vecinos volvió a verlo.

Paul se quedó dormido y se despertó con el zumbido de un motor. Se arrastró hasta el borde de la escollera y distinguió un camión que se dirigía hacia el pueblo. Cuatro hombres, vestidos con uniformes de la Milice, iban sentados en sus bancos traseros.

Paul se fijó en los hombres y experimentó un sobresalto. Uno de ellos se parecía enormemente a Henri. Hacía años que no se veían, pero estaba seguro de que era él. Paul apuntó al hombre con su escopeta. Desde esa distancia tendría un tiro fácil, pero quería asegurarse de que se trataba del hermano de Sophie. Acarició el gatillo durante unos segundos. Cuando tuvo la certeza de que se trataba de Henri y decidió disparar, el camión se ocultó tras las copas de unos árboles.

Paul se tumbó otra vez sobre la roca, mientras el ruido del camión se perdía en la distancia. ¿Había sido realmente Henri? ¿O lo había imaginado?

Cuando el calor remitió salió de su escondite, pero ese día no tuvo suerte con la caza. No avistó ciervos ni jabalíes y, debido a la escasez de munición, renunció a abatir palomas torcaces.

El sol estaba todavía alto en el cielo cuando emprendió el camino de regreso, con la escopeta en bandolera y la camisa abierta para sobrellevar el calor. Al acercarse al pueblo percibió un olor a ceniza amarga. Se apartó del camino y tomó un atajo entre los árboles para llegar lo antes posible a su casa.

Los campos de lavanda habían sido arrasados por el fuego y estaban todavía humeantes. Encontró a su padre en la terraza, tumbado en el suelo. Con voz débil, este le explicó que los milicianos habían incendiado los campos y, sin que hubiese hecho nada para provocarlos, la emprendieron a culatazos con él.

Paul corrió hacia el pueblo para buscar ayuda, pero cuando regresó su padre ya había muerto. Durante el resto de su vida no conseguiría borrar de su memoria el olor de la lavanda calcinada. Ni el convencimiento de que si hubiese apretado el gatillo en la escollera, el destino de su padre habría sido distinto.

34

Paul estiró su brazo hacia la botella de vino, pero volvió a dejarla sobre la mesa al comprobar que estaba vacía. Desde el entierro de su padre había permanecido encerrado en casa. Ese año no participaría en la cosecha de lavanda; ni los siguientes tampoco.

Escuchó unos golpes en la ventana y vio a través del cristal a Bernard, el mejor amigo de su padre. Los dos hombres solían jugar a las cartas en el café de la plaza. Al igual que su padre, Bernard había combatido en la guerra de 1914.

Paul no tenía ganas de hablar con nadie, pero conocía a Bernard. Si no le abría la puerta, regresaría unas horas después.

—¿Qué quieres? —preguntó Paul.

—Hablar contigo.

Paul dejó la puerta abierta y regresó a la cocina. Su ropa estaba todavía impregnada del olor a ceniza amarga. No quería volver a ver una planta de lavanda en su vida.

—He venido a contarte algo.

Paul apreciaba a Bernard. De niño le había acompañado a buscar setas al bosque y había aprendido con él a distinguir las venenosas de las comestibles.

—El día en que murió tu padre me encontré con Henri Vancelle en un café del pueblo vecino. Estaba con sus amigos de la Milice y se jactó de haber matado una rata.

Paul sintió una rabia incontenible en su interior.

—En vez de emborracharte —añadió Bernard— podrías vengar a tu padre. Clement, el ferroviario, está en la Resistencia.

Paul había ido al colegio con Clement. Este había sido un niño frágil y Henri solía utilizarlo como su víctima propiciatoria, antes de entablar con él una extraña amistad. Paul recordaba haber defendido a Clement en una ocasión de las invectivas de Henri, pero su relación nunca había sido estrecha y no se habían visto desde el comienzo de la guerra.

—No creo que quiera ayudarme.

—Solo lo sabrás si se lo preguntas.

Paul se levantó y caminó hacia la ventana. Observó la tierra calcinada que rodeaba la casa.

—¿Nunca te has preguntado por qué El *Boche* odiaba tanto a tu padre? —preguntó Bernard—. ¿Por qué quemó sus campos de lavanda?

Paul se había hecho muchas veces esa pregunta. Le costaba comprender cómo su padre, un hombre de naturaleza pacífica, había conseguido despertar tanta animadversión en su vecino.

—Tu padre mantuvo una relación con la mujer de El *Boche*. Este siempre supo que Sophie no era suya.

Así que era eso. Aquello explicaba la enemistad entre su padre y El *Boche*, y por qué la tía Charlotte se había opuesto a su noviazgo con Sophie. Paul y ella eran medio hermanos.

35

Las calles de Aix-en-Provence se encontraban desiertas. El asfalto reverberaba debido al calor y los pájaros habían desaparecido de los postes telefónicos.

Paul dio una vuelta para evitar a los soldados que montaban guardia en el vestíbulo de la estación. Había vaciado sus bolsillos de cualquier documento y solo llevaba en ellos algo de dinero, unas avellanas y, en un viejo pañuelo, un puñado de tierra calcinada. La tierra sobre la que había muerto su padre.

Avanzó por el andén con aire despreocupado. Al fondo de las vías se encontraba un hangar para la reparación de vagones. Se acercó a la puerta y vio en el foso a un hombre. No llevaba camisa y tenía el rostro manchado de aceite.

—Mi nombre es Paul Chevalier y estoy buscando a Clement. Fuimos juntos a la escuela.

El ferroviario salió del foso y se limpió las manos con un trapo grasiento. A continuación tiró la estopa al suelo y se aproximó a la puerta del hangar para echar un vistazo al exterior.

—¿Qué quieres?

—Necesito hablar con Clement. Dile que lo espero esta tarde, a las cinco, en el Café de la Paix.

Paul se dio la vuelta y abandonó la estación sin que nadie lo importunase. Era improbable que Clement se presentara a la cita. Si realmente estaba en la Resistencia, podía temer una emboscada.

Pasó las horas siguientes en un parque, oculto tras unos arbustos. Comió las avellanas que llevaba en el bolsillo y un poco antes de las cinco se dirigió al Café de la Paix, en la plaza de los Cuatro Delfines. Pasó varias veces por delante del establecimiento, para ver si había alguien sospechoso en el interior, pero todo parecía normal.

Se sentó en una mesa junto a la puerta y pidió una taza de achicoria, cuya raíz caramelizada evocaba el sabor del café. Mientras bebía un trago pensó en Henri. *¿Sabía este que Paul y Sophie eran medio hermanos?* Eso explicaría sus peleas en el colegio, su odio acérrimo hacia los Chevalier. Y su reacción al conocer el interés de Paul por su hermana.

Los minutos pasaron con lentitud, pero Clement no apareció. Tal vez el ferroviario no le había transmitido el recado; tal vez lo había hecho, pero el resistente había decidido no acudir.

Cuando el reloj del café marcó las cinco y media, Paul salió a la calle. Necesitaba encontrar un lugar para pasar la noche, antes de que el toque de queda entrase en vigor.

Avanzó por la calle Cardinale y se detuvo frente a una librería de la Milice, en cuyo escaparate se exponían obras de Pierre Laval y una traducción francesa de *Mein Kampf*, la biblia del nazismo. Iba a retomar su camino cuando vio la silueta del ferroviario reflejada en el escaparate. El hombre le hizo una seña y empezó a caminar. Paul lo siguió por la calle, manteniéndose a varios metros de él.

Al llegar a la plaza de San Juan de Malta, el hombre entró en un portal. Paul dudó unos instantes, pero hizo lo mismo. El ferroviario le indicó que subiese al segundo piso y se quedó esperando junto a los buzones.

Paul ascendió las escaleras. Al llegar al segundo piso vio a Clement en el umbral. Había engordado un poco desde su último encuentro. El hombre escrutó a Paul durante unos instantes y le pidió que entrase. El piso era pequeño y tenía las contraventanas cerradas. A pesar de ello, hacía más calor que en la calle.

—Así que quieres subirte al tren de la Resistencia —dijo Clement—. ¿Estabas demasiado ocupado en los últimos años para hacerlo?

Paul sostuvo su mirada sin inmutarse.

—Mi padre ha sido asesinado por la Milice. Quiero vengar su muerte.

Clement dio una vuelta por el cuarto y se detuvo junto a la ventana. Recordaba a Paul como una persona retraída, y también como un buen cazador con una excelente puntería. Bien formado, podría resultar muy útil en la Resistencia.

36

A diferencia de Erik y Marie, Mathilde había pasado toda la noche despierta. Tenía demasiado frío y miedo para dormir. En su compartimento viajaban dos ancianos y una mujer joven y Mathilde observó sus rostros cansados bajo la bombilla escuálida. Las luces de todos los trenes habían sido pintadas de azul para reducir su visibilidad en caso de bombardeo.

Mathilde no guardaba un buen recuerdo de su último viaje en tren. Aunque el recorrido hasta Saint Brieuc y la posterior travesía marítima encerraban grandes peligros, no tenían otra alternativa. Su identidad había quedado comprometida y ningún judío estaba seguro en Francia. Si no huían a Inglaterra, era cuestión de tiempo que fuesen deportados a un campo de concentración.

Con la ayuda de su contacto en la Cruz Roja, el hermano de Erik lo había organizado todo. Tras la ocupación de Noruega por Alemania, Gabriel Friedberg se había trasladado a Londres, donde ejercía como médico en un hospital de la Cruz Roja. Erik había recibido un salvoconducto, supuestamente firmado por las autoridades alemanas de Brest, que justificaba el viaje de la familia a Bretaña para asistir a un funeral. Para no llamar la atención, los Friedberg no llevaban maletas: solo una muda para Marie y varias fotografías en el bolso de Mathilde. El manuscrito de su última novela, redactada en alemán, había sido abandonado con sus otras posesiones en el apartamento de Morly.

El tren se detuvo en medio de la noche y un altavoz anunció un control de pasajeros. Todo el mundo debía permanecer en sus asientos y estaba terminantemente prohibido descender al andén. Erik se despertó con el aviso y miró a Mathilde. Como ella, estaba exhausto por los nervios y la falta de sueño de los últimos días. Marie abrió los ojos unos instantes, pero volvió a quedarse dormida con la cabeza apoyada en el regazo de su padre.

Uno de los pasajeros bajó la ventana pintada de azul y una corriente de aire gélido inundó el compartimento. A través del ventanal podía verse una estación en medio de la niebla. Varios soldados alemanes hacían guardia en el andén, espaciados a una distancia de diez metros.

Los pasajeros empezaron a revisar sus posesiones para asegurarse de que no llevaban ningún papel comprometedor. Una simple carta de un familiar en la que se expresara el deseo de que los alemanes perdiesen la guerra podía hacer que su portador acabase en un calabozo. Mathilde acarició el forro de su abrigo, donde llevaba oculto el brazalete de diamantes que le había regalado su madre.

La puerta del compartimento se abrió y un soldado les ordenó que preparasen sus documentos de identidad y su autorización de viaje. Los pasajeros obedecieron, con movimientos herméticos que no conseguían ocultar su desasosiego. Un segundo soldado les preguntó si llevaban cartas o divisas extranjeras, pero ninguno de los pasajeros respondió.

El hombre examinó los documentos que le tendió Erik. Mathilde contuvo la respiración, mientras el hombre observaba sus pasaportes y leía su autorización falsificada para viajar a Bretaña. Después abrió el bolso de Mathilde y registró las maletas de los otros pasajeros. Finalmente, los soldados se marcharon y prosiguieron su inspección en el siguiente compartimento.

Media hora después, el tren se puso de nuevo en marcha. Era el tercer control al que habían sido sometidos en las últimas horas y Mathilde tenía los nervios destrozados. Al menos, durante esa parada Marie había permanecido dormida: en los anteriores controles se había mostrado asustada ante la presencia de los soldados.

Llegaron a Saint Brieuc, en la costa de Bretaña, al mediodía del día siguiente. El andén estaba lleno de policías, pero nadie les pidió sus documentos de viaje. Erik cogió a Marie en brazos y, con el corazón encogido, avanzaron hacia el vestíbulo de la estación. Pasaron frente a un soldado, al que acompañaba un perro de aspecto amenazador, y abandonaron la estación.

A pesar de sus trazas de huérfanos, avanzaron en dirección a la punta Rosalier sin ser importunados. Atardecía cuando llegaron a Saint Laurent de la Mer, una congregación de casas de pescadores construidas con materiales heteróclitos. En los dinteles había inscripciones de fechas y en las fachadas colgaban aparejos de pesca.

El mar tenía un color cobrizo que presagiaba tormenta. Los Friedberg buscaron la dirección que habían memorizado y llamaron con timidez a la puerta de los Duhamel. En el umbral apareció una mujer enlutada, que les invitó a entrar sin decir una palabra. Una vez en la cocina, siempre en silencio, sacó tres platos de una alacena y vertió en ellos el contenido de un puchero que ardía al fuego.

Los Friedberg comieron con gesto agradecido, respetando el silencio de su anfitriona. Cuando acabaron, Erik pidió hablar con *monsieur* Duhamel. La mujer hizo un gesto de asentimiento y salió de la cocina.

Poco después, un joven de aspecto adolescente apareció ante ellos. Erik creyó que se trataba de un malentendido, pero el joven se sentó a la mesa y empezó a explicarles su plan de huida. Se harían a la mar antes del amanecer y un segundo barco los recogería, a varias millas de la costa, para llevarlos a Inglaterra. Podrían descansar unas horas en una habitación del piso superior, aunque sin descorrer los visillos. Duhamel les avisaría cuando fuese la hora de partir.

Los Friedberg subieron las escaleras y entraron en la habitación. Estaban intranquilos ante la perspectiva de poner su vida en manos de ese joven barbilampiño, pero no podían dar marcha atrás. La alternativa era ser detenidos por la policía y enviados a un campo de concentración. Se encontraban a un paso de Inglaterra, de la libertad. Tenían que confiar en que aquella no fuese la primera travesía del joven Duhamel; ni tampoco la última.

Marie se quedó dormida sobre la cama de hierro. Sin quitarse la ropa, sus padres se tumbaron en la cama, cada uno a un lado de la niña. Entrelazaron sus manos sobre la almohada, conscientes del peligro de la travesía. Permanecieron en silencio un rato, para asegurarse de que Marie dormía.

—¿Te arrepientes de haberte casado conmigo? —le preguntó Erik.

—Claro que no. ¿Por qué me preguntas eso?

Mathilde acercó la mano de Erik a sus labios y la besó. Pensó en las otras personas que habrían dormido en esa misma cama y recordó la imagen de Joel Friedberg en su apartamento berlinés, con la fotografía de Erik y ella entre las manos.

—Hay algo que tengo que contarte —susurró Mathilde—. Unas horas antes de que muriese tu padre fui a verlo y le pedí…

—No tienes que darme explicaciones —le interrumpió Erik.

—Pero quiero hacerlo.

Erik selló con dos dedos los labios de su mujer.

—Marie y tú sois lo mejor que me ha pasado en la vida —le dijo a Mathilde—. Y nada va a cambiar ese hecho.

Unieron sus brazos por encima de la niña y permanecieron sin moverse un largo rato. Erik empezó a roncar suavemente, pero Mathilde fue incapaz de dormir. Cada vez que cerraba los ojos tenía un presentimiento aciago sobre la travesía.

Al cabo de una hora en la cama, decidió bajar a la cocina para beber un vaso de agua. La casa estaba a oscuras, pero los rescoldos de un fuego brillaban en la cocina. El joven Duhamel estaba sentado a la mesa, con una taza de café entre las manos.

—Venía a buscar un poco de agua —se justificó Mathilde.

El hombre cogió un vaso de la alacena, lo llenó de agua y se lo dio.

—Necesito hablar con su marido —dijo el pescador—. ¿Está despierto?

—Acaba de dormirse. ¿Pasa algo?

—Tenemos un problema.

Mathilde tragó un sorbo de agua con dificultad.

—El tiempo ha empeorado en las últimas horas —prosiguió Duhamel—. Con esta marejada no debería hacerme a la mar, pero voy a intentarlo. El problema es el peso… Uno de ustedes tiene que quedarse en tierra.

Mathilde le prometió al pescador que hablaría con Erik. Intentó sonreír mientras le deseaba las buenas noches, pero fue incapaz.

37

Marcel Duhamel se levantó a las cinco de la mañana, descansado a pesar de las escasas horas de sueño. Tras la muerte de su padre se había hecho cargo del langostero *La belle Helène* y había ayudado a varios judíos a escapar de Francia. Aquella forma de resistencia, sin embargo, se había vuelto muy peligrosa. Los alemanes conocían cada vez mejor las costas bretonas y en su última singladura había estado a punto de ser descubierto.

La llegada de los alemanes a Saint Brieuc, en junio de 1940, había paralizado la actividad pesquera. En previsión de la invasión de Inglaterra, los alemanes habían requisado muchas embarcaciones y el puerto de Saint Brieuc se vio ocupado por una flotilla de embarcaciones que los alemanes intentaban pilotar sin demasiada pericia, abordándose frecuentemente unos a otros. Cuando Hitler renunció a la invasión de Inglaterra, la flota pesquera de Saint Brieuc fue autorizada a volver a la mar, a fin de que el marisco regresara a la carta de los restaurantes parisinos frecuentados por la élite nazi.

La belle Helène contaba con un vivero para las langostas en el centro de la embarcación, en contacto permanente con el mar, y la escasa potencia de su motor Bolinders le había permitido no ser requisado por los alemanes.

Debido a los pocos litros de gasoil obtenidos cada mes, Duhamel reservaba el uso del motor para superar las corrientes más fuertes, privilegiando la pesca en las inmediaciones del puerto. El alquitrán para calafatear los cascos podía encontrarse en abundancia, pero la escasez de tela hacía casi imposible reparar las velas, que solían pudrirse y sufrir desgarrones.

Los alemanes obligaban a cada patrón a llevar un cuaderno de viaje, que los aduaneros validaban a la entrada del puerto para verificar que el número de tripulantes era idéntico. Cada tarde, una embarcación de la autoridad portuaria comprobaba que todos los barcos habían regresado a puerto y, si era preciso, remolcaba a los que se demoraban.

Las salidas de Duhamel, legales e ilegales, tendrían que espaciarse a partir de los próximos días. La Kommandantur había conminado a todos los hombres de

Saint Brieuc a presentarse como «voluntarios», a cambio de cincuenta francos diarios y un plato de sopa, para trabajar en la fortificación del muro atlántico, destinado a proteger la costa francesa de una hipotética invasión aliada.

Duhamel se lavó y bebió una taza de café. A continuación, subió las escaleras y le pidió a los Friedberg que se preparasen para partir. Las autoridades del puerto cambiaban el turno de guardia a las seis de la mañana y tenían que aprovechar ese momento si querían hacerse a la mar sin ser descubiertos.

Era noche cerrada cuando salieron a la calle. Una lluvia fina acariciaba los tejados dormidos y en la lejanía se oían los ladridos de un perro. Los Friedberg siguieron a Duhamel hasta el espigón del puerto. *La belle Helène* estaba amarrada en el muelle, temblando como una estatua de arena.

El pescador saltó a la embarcación y olfateó la marejada. El oleaje hacía que el barco se balanceara cada vez con más fuerza. Duhamel tensó un cabo y se acercó a los Friedberg, que seguían atentamente sus movimientos desde el espigón.

—¿Han decidido quién de los dos se queda? —les preguntó.

—Lo haré yo —respondió Mathilde. Erik la miró, sin comprender—. A causa del temporal, el barco no puede llevarnos a los tres —le explicó su mujer.

—No voy a dejarte sola —replicó Erik con determinación.

Mathilde se obligó a contener las lágrimas.

—Corres más peligro que yo —le dijo a su marido—. Me reuniré con vosotros en Inglaterra, dentro de unos días.

Duhamel les pidió que se apresuraran. Si no salían inmediatamente, se arriesgaban a ser descubiertos.

—Nos quedamos todos en tierra —le dijo Erik al pescador.

Duhamel los miró con impaciencia.

—No podemos volver a Morly —susurró Mathilde—. Tienes que poner a salvo a Marie. —Abrazó a su marido, que tenía el rostro descompuesto. A continuación, cogió en brazos a Marie y le dio un beso—. Me reuniré con vosotros muy pronto —le dijo a la niña.

—¿Por qué no vienes con nosotros?

—Porque el barco no puede llevarnos a los tres. Vas a tener que ser muy valiente. ¿Verdad que lo serás?

Mathilde abrazó a Marie con fuerza y la dejó sobre la cubierta. Sin perder tiempo, el pescador largó amarras.

Antes de que la embarcación se alejase, los dedos de Erik y Mathilde se rozaron en la oscuridad.

38

Duhamel le indicó a Erik que entrase con la niña en el habitáculo del patrón, para protegerse de los golpes de mar que barrían la cubierta.

En el tambucho olía a brea y pescado frito y Erik se sentó con Marie en un banco apuntalado a las tablas de madera. A su lado, sobre un soporte metálico, una taza de café balanceaba sus posos.

El barco cabeceaba sobre las olas, que afrontaba por la amura de babor. La marejada se hizo más violenta a medida que dejaban atrás la costa. Erik abrazó a la niña y observó las olas que arremetían contra la proa, escorando la embarcación con sus embates.

La luz del amanecer empezó a teñir las nubes en el horizonte. Había dejado de llover, pero las olas que se cernían sobre el barco producían la impresión de encontrarse en medio de un aguacero.

Erik se preguntó si había acertado al seguir los consejos de su hermano. Gabriel era el más intrépido de los dos. Tras su despido de Schauspielhaus, Erik había decidido permanecer en Berlín, creyendo que los nazis no seguirían eternamente en el poder y que algún día recuperaría su trabajo. Su hermano pequeño era menos optimista. Se había exiliado a Noruega en 1933 y en sus cartas le recomendaba a Erik que emigrase con su padre a Bergen, un antiguo enclave de la Liga Hanseática en la costa suroeste de Noruega. Rodeada de montañas y con un clima benigno, Bergen contaba con una comunidad judía de varios cientos de personas, un número que su hermano consideraba demasiado pequeño para llegar a inquietar algún día a los nazis.

Erik pensó que tendría que haber abandonado Berlín después de su boda con Mathilde. Su religión judía y su amistad con numerosos intelectuales de izquierdas lo convirtieron en un candidato ideal para la persecución nazi. En aquel momento valoró acostumbrado al ajetreo de Berlín, en Bergen se moriría de aburrimiento. Viena era una posibilidad, pero estaba demasiado cerca de Alemania para representar un refugio seguro. Y su acento extranjero le impediría subir a un escenario en París.

Recordó una conversación con su padre sobre el significado de ser judío. Era una cuestión que había vuelto a evocar en la carta de despedida que Erik encontró junto a su cuerpo sin vida, y que había ocultado a Mathilde. Para Joel Friedberg el judaísmo era un estado de ánimo, una ética más que una religión. Como sus antepasados, Joel consideraba primordial integrarse en la sociedad alemana. Y todo ¿para qué?

El mar se enfureció por momentos y Erik sintió miedo. La embarcación no parecía construida para soportar olas de ese tamaño. ¿Qué experiencia tendría el joven patrón para manejarse en el temporal?

Un barco les hizo señas con una lámpara. Duhamel corrigió su derrota, lo cual les obligó a afrontar las olas por estribor. El langostero empezó a escorarse peligrosamente hacia los lados, como un corcho a merced del oleaje.

Erik cogió una boya del suelo, la anudó al pecho de Marie y salió del tambucho para hablar con el patrón. Al pisar la cubierta, vio que una ola gigantesca se cernía sobre el pesquero y se agarró a un cabo antes de que se abatiera sobre ellos.

39

De pie en el espigón del puerto, Mathilde vio alejarse al langostero *La belle Helène* y sintió que algo se rompía en su interior.

Las comunicaciones con Inglaterra habían sido interrumpidas a causa de la guerra, por lo que la probabilidad de reunirse con Erik y Marie era mínima. Pero necesitaba creer en ella. La guerra acabaría algún día y entonces volvería a verlos. *Algún día, pero ¿cuándo?*

Estaba a punto de amanecer y el puerto se llenaría pronto de gente. Requería un lugar para esconderse, pero sentía una profunda desidia. En los últimos años había atravesado momentos difíciles. A pesar de ello, nunca se había notado tan vacía. Erik y Marie le habían ayudado a sobrellevar la desesperanza. Ahora estaba completamente sola.

Caminó hacia las fachadas que se elevaban frente a la línea del mar. A juzgar por el ruido que hacía una ventana al ser golpeada por el viento, una de las casas estaba abandonada. Se acercó a la entrada y vio que la puerta no tenía cerradura. La empujó con el pie y entró en un pasillo en el que resonaban los chillidos de las gaviotas.

La casa no había sido habitada desde hacía años y estaba sucia, pero le ofrecería protección de la lluvia y el viento. Entró en una habitación que había servido antaño de dormitorio. La cómoda se había desmoronado a causa de las goteras, pero la cama seguía en pie. El colchón tenía cercos de humedad y Mathilde lo arrastró al suelo. Se arrebujó en su abrigo y se tumbó sobre el somier metálico.

Tenía ganas de llorar, pero el convencimiento de que su marido y su hija se hallaban a salvo la reconfortó. Tal vez Duhamel hiciese otra travesía en los próximos días y pudiese llevarla.

El agotamiento hizo que no tardara en quedarse dormida. La despertaron las campanas de una iglesia. El sol estaba alto en el cielo y Mathilde sentía hambre. Tendría que gastar una parte de los doscientos francos que llevaba cosidos, junto al brazalete de diamantes, en el forro de su abrigo.

Se alisó la ropa y, tras asegurarse de que nadie la observaba desde los edificios contiguos, salió a la calle desierta.

Caminó hasta la casa de Duhamel y llamó a la puerta. Percibió movimiento en la cocina, pero nadie se acercó a abrir. Mathilde volvió a llamar, esta vez con más fuerza. La madre de Duhamel apareció frente a ella. Tenía los ojos hinchados y miró a Mathilde como si hubiese visto a un espectro.

—¿Está su hijo en casa?

Sin decir nada, la mujer le dio la espalda y regresó a la cocina. Mathilde cerró la puerta y la siguió.

—El barco de mi hijo ha aparecido flotando junto a la costa, con la quilla boca arriba —dijo la mujer.

Mathilde sintió que se mareaba y tuvo que apoyarse en la mesa para no caerse.

—¿Y los ocupantes? —preguntó con ansiedad.

—No han encontrado ningún cuerpo. Es posible que hayan sobrevivido al naufragio.

Mathilde observó los cuchillos que colgaban de la pared, encima de la cocina de leña. La madre del pescador añadió algo, pero no consiguió entender sus palabras. La cabeza empezó a darle vueltas y sintió que se desmayaba.

40

Mathilde vio la luz del sol a través de los visillos y notó que sus sentidos se habían aguzado. Era capaz de oír el crepitar de la cocina de leña, el péndulo de un reloj en el piso inferior de la casa, los pasos de una gaviota sobre el tejado.

Se encontraba en la misma cama en la que había dormido con Erik y Marie la noche antes de embarcarse hacia Inglaterra. Tal vez todo había sido una pesadilla.

Se levantó de la cama y empezó a llamar a Marie. Instantes después, la madre del pescador entró en la habitación. Fue entonces cuando Mathilde tuvo la certeza de que no había sido un sueño.

—Esta mañana han aparecido varios cadáveres en la playa —le informó la mujer con voz cansada—. Me han dicho que mi hijo se encuentra entre ellos.

Mathilde tragó saliva con dificultad.

—¿Hay alguna niña?

La mujer asintió en silencio. Mathilde se sentó en la cama y empezó a sollozar. Tal vez Marie había sido recogida por un barco y se encontraba a salvo en Inglaterra. Quizá había sido devuelta con vida a la costa. Su corazón quería creer en ello, pero su cabeza le decía lo contrario.

Siguió a la mujer hacia la puerta. Estaba cayendo una lluvia fina y Mathilde pensó que nunca había sentido tanto frío. Saint Brieuc le pareció un lugar distinto al que había visto el día anterior, cuando pensaba que su vida ya no podía empeorar.

Llegaron a la cofradía de pescadores en pocos minutos. En una estancia decorada con nasas y aparejos de pesca había varios bultos tendidos en el suelo, cubiertos con bastos lienzos de tela. Mathilde se percató de que todo su cuerpo temblaba, pero hizo un esfuerzo por mantenerse firme.

La madre del pescador intercambió unas palabras con un hombre. A continuación le hizo una seña a Mathilde para que se acercara. Esta lo hizo con pasos titubeantes, sin apartar la mirada de los bultos que descansaban sobre las frías baldosas. Había cinco en total, y por el tamaño era fácil deducir que uno de los cadáveres pertenecía a un niño.

Se arrodilló junto al cuerpo más pequeño y dudó unos instantes antes de descubrir el lienzo. Recordó una historia que había inventado con Marie unos días atrás, en la que una cometa dibujaba figuras de animales en el cielo. La madre del pescador apoyó una mano en su hombro, quizá para reconfortarla, quizá para hacerle ver que disponían de poco tiempo.

Aferró con dos dedos el lienzo y descubrió lentamente el cuerpo. Era el de una niña, pero no se trataba de Marie. Mathilde experimentó tal sensación de alivio que estuvo a punto de perder el equilibrio.

La mujer del pescador empezó a destapar los otros cadáveres. El primero había pasado mucho tiempo en el agua y desprendía un intenso olor a putrefacción. El segundo pertenecía al joven patrón de *La Belle Helène*. Mathilde observó que una lágrima asomaba en los ojos de la mujer. Como si su dolor le hubiese infundido nuevas fuerzas, Mathilde levantó el siguiente lienzo.

Se trataba de Erik. Su abrigo azul había encogido ligeramente y le faltaban varios botones. A pesar de su palidez, el rostro de Erik transmitía paz. O quizá Mathilde deseaba creer que era así. Hasta en los peores momentos, su marido le había proporcionado serenidad. Le había ayudado a convertirse en sí misma, a buscar la felicidad sin importarle lo que el mundo pensara de ella. Erik se había mantenido fiel a sí mismo a pesar de todas las vejaciones y dificultades. Mathilde nunca llegaría a admirar y querer tanto a alguien.

Sentía tanta tristeza que fue incapaz de llorar. Echaría mucho de menos a Erik, pero no podía complacerse en el dolor. Quizá Marie había sobrevivido al naufragio y estaba viva en algún lugar. Por su hija, pero también por Erik, debía consagrar todas sus energías a encontrarla.

La madre del pescador se secó las lágrimas y le susurró a Mathilde:

—No puede quedarse en Saint Brieuc. Es demasiado peligroso.

—¿Cuándo será el funeral?

—No habrá funeral —respondió la mujer—. Los cadáveres serán enterrados en una fosa común. Alguien se ha ido de la lengua y los alemanes están haciendo preguntas sobre un matrimonio que llegó a Saint Brieuc con una niña.

Mathilde se sintió todavía más desvalida. No podía marcharse de ese lugar sin Marie.

—Si se queda aquí la detendrán. No volverá a ver a su hija.

Mathilde sabía que la mujer tenía razón, pero su corazón se resistía a la idea de irse.

—En las próximas semanas preguntaré en los pueblos vecinos si ha aparecido una niña —añadió la mujer—. Si me deja su dirección, le escribiré en cuanto tenga noticias.

Mathilde permaneció en silencio unos instantes. No podía regresar a Morly. Su marcha repentina habría generado curiosidad entre sus vecinos y levantado muchos interrogantes. La madre del pescador pareció darse cuenta de su desvalimiento.

—¿Tiene un sitio adónde ir?

Mathilde negó con la cabeza y la madre del pescador la miró con conmiseración. El naufragio de *La belle Helène* se había llevado a su hijo y también su medio de sustento. Al igual que Mathilde, lo había perdido todo.

—Mi sobrino tiene que viajar mañana a Provenza —dijo la mujer—. Puedo pedirle que la lleve.

Mathilde observó el cuerpo sin vida de su marido. Sintió un escalofrío al pensar que en Saint Brieuc reposarían sus restos; y tal vez pronto lo hiciesen los de su hija. Pero tenía que ser fuerte. Erik la habría incitado a marcharse de allí y esperar noticias de la madre del pescador.

41

En cuanto se encendiese la luz verde sería el momento de saltar en paracaídas. A pesar del vaso de ron que acababa de ingerir y del entrenamiento recibido en Inglaterra, Paul Chevalier se sentía ansioso. Habían transcurrido cuatro semanas desde su conversación con Clement en Aix-en-Provence, pero tenía la impresión de ser un hombre completamente distinto. El entrenamiento había desarrollado facultades que ignoraba poseer.

Había partido a Inglaterra acompañado de varios jóvenes de diversas nacionalidades, en un barco que los recogió en una playa próxima a Saint-Nazaire. Una vez en Inglaterra, con sus instrucciones de viaje memorizadas, cambiaron en varias ocasiones de tren hasta llegar a la localidad escocesa de Mallaig. En el cercano castillo de Inverailort, reclutas de toda Europa eran adiestrados en el arte de la guerra, antes de ser enviados a los países ocupados por Alemania.

Las enseñanzas del SOE, la Dirección de Operaciones Especiales, estaban basadas en el convencimiento de que un comando bien entrenado podía causar más daño que un regimiento de fuerzas regulares. Paul recibió su formación en técnicas de supervivencia, combate armado y la especialidad local: el asesinato silencioso. Aprendió a sobrevivir a la intemperie, a cuidar su higiene en situaciones inhóspitas, así como técnicas de navegación, orientación, código morse y utilización de explosivos.

Posteriormente recibió su formación como paracaidista en las inmediaciones de Manchester y realizó varios saltos por debajo de ciento cincuenta metros, la altitud a la que los aviones podían volar sin ser descubiertos por el radar. A continuación fue enviado a North Berwick para recibir su adiestramiento como radio-operador. En Beaulieu aprendió a vivir en la clandestinidad sin ser descubierto y conoció la utilidad de las dos píldoras que formaban parte del equipamiento básico de todo recluta del SOE: benzadrina para mantenerse despierto y la píldora «L», que permitía quitarse la vida en apenas quince segundos. En caso de ser detenidos por los alemanes, los agentes del SOE no recibirían la consideración de prisioneros de guerra ni podrían acogerse a las disposiciones de la Convención de Ginebra; de ahí la importancia de no ser capturados.

El avión dio un fuerte bandazo a causa del viento. El piloto había estado a punto de cancelar el vuelo por el temporal, pero decidió a última hora continuar con la misión. Paul escuchó la voz del copiloto, que le indicaba que estaban cerca del lugar del salto. El hombre aferró el paracaídas de Paul a un gancho y abrió una trampilla. Los motores del avión se apagaron. Cuando vio encenderse la luz verde, Paul saltó al vacío.

Su paracaídas se abrió unos instantes antes de tocar el suelo. Sin perder tiempo, recogió la maleta en la que se encontraba su equipo de radio, enterró el paracaídas con una pequeña pala y corrió a esconderse entre los árboles.

Estaba de vuelta en Francia. Su primera tarea sería encargarse de Henri Vancelle.

42

Ucrania

Dieter escuchó el repiqueteo de la lluvia sobre el tejado de zinc. Las tablas de madera que conformaban las paredes de la casa apenas conseguían detener el viento y hacía un frío glacial. Aunque solo llevaba dos semanas en ese lugar, tenía la impresión de que había transcurrido un año entero.

El contraste con su anterior destino era muy grande. Dieter había combatido previamente en el Afrika Korps, a las órdenes del mariscal Rommel. Aunque respetaba al *Führer*, profesaba a Rommel una admiración ciega. Sería capaz de seguirlo hasta el fin del mundo.

Dieter formaba parte de las tropas alemanas que habían tomado Tobruk en 1942. Tras una brillante maniobra relámpago, el mariscal Rommel había obligado a las tropas británicas a retirarse en dirección a Egipto. El Afrika Korps había sido derrotado posteriormente en El Alamein, a causa de la falta de suministros y de la infiltración de las comunicaciones alemanas, y la decisión que el mariscal Rommel tomó en ese momento le valió la admiración y el respeto de todos sus hombres: ignoró la orden de Hitler de resistir hasta el último soldado y retiró sus tropas de El Alamein, algo que a cualquier otro general le habría valido un consejo de guerra. Dieter le debía al mariscal su vida.

Su misión en Ucrania era muy distinta, y no pudo evitar preguntarse si Rommel habría acatado las órdenes que él estaba cumpliendo. Tras su ascenso al rango de capitán, Dieter había sido nombrado responsable de una de las unidades móviles de las SS encargadas de exterminar a judíos, gitanos y comunistas en los territorios del este de Europa.

Durante las últimas semanas, su unidad había aniquilado a miles de personas y enterrado sus cuerpos en fosas comunes. El procedimiento era siempre el mismo: las autoridades alemanas conminaban a todos los judíos a comparecer en la estación de ferrocarril, bajo pena de muerte. Muchos obedecían, creyendo que iban a ser deportados. Los hombres, mujeres y niños eran después conducidos en grupos hasta el cementerio y obligados a desnudarse. Tras desprenderse de sus ropas y posesiones, los soldados los conducían hasta una zanja, donde eran obligados a tumbarse sobre los cadáveres de otros prisioneros, previamente asesinados mediante un tiro en la nuca.

Dieter vio acercarse a uno de sus subordinados. Detestaba a ese hombre. Era extremadamente eficiente, y su frialdad hacía pensar que padecía una enfermedad mental. Una mayoría de soldados adoraban a sus familias y querían a sus perros, y se habrían mostrado consternados si el Ejército Rojo hubiese perpetrado esas mismas atrocidades en un pueblo de la Selva Negra. Pero no aquel hombre. Cuando Dieter solicitaba voluntarios para rematar a los heridos, se presentaba siempre voluntario. Daba la impresión de que disfrutaba caminando sobre una montaña de cadáveres.

El hombre le tendió una carta y le explicó que había sido reenviada hasta allí por uno de sus superiores en Kiev. Iba destinada a Dieter, pero la dirección era la de la Embajada alemana en París. El matasellos era de varios años atrás.

El oficial despidió al hombre y observó la carta. El remitente era la baronesa von Eisler, la madre de Mathilde. Rasgó el sobre y empezó a leer. La carta estaba fechada en 1939, en la época en que Dieter ocupaba el cargo de tercer secretario de la Embajada alemana en

París. La baronesa expresaba sus remordimientos por no haber facilitado la reconciliación de Mathilde con su padre y le pedía a Dieter que velara por su hija en París.

Respiró aliviado al pensar en Mathilde. Estaba en Argentina, a salvo de aquella locura. Ayudarla era lo único que había hecho en los últimos años de lo que se sentía realmente orgulloso.

Rompió la carta en trizas y guardó los pedazos en su bolsillo. La lluvia había cesado y una gotera caía sobre el suelo de tierra. El silencio, denso y opresivo, se vio interrumpido por el eco de un disparo.

Tercera parte

43

Saint-Coulomb

Robert Langlois se levantó de la cama con dolor de espalda. El invierno estaba siendo más duro que los anteriores; o quizá se lo pareciese a causa de la penuria provocada por tres años de ocupación.

Langlois llevaba varias décadas ejerciendo como cartero en la localidad bretona de Saint-Coulomb, cerca de Saint-Malo, y nunca había tenido tan poco trabajo. El servicio postal francés se había visto seriamente perturbado por la ocupación alemana. La mayoría de sus empleados habían sido movilizados y muchos de ellos estaban detenidos como prisioneros de guerra.

El armisticio firmado con Alemania en 1940 había prohibido las comunicaciones telegráficas y limitado las conversaciones telefónicas con los departamentos vecinos. En un momento en el que la guerra había separado a muchas familias, la correspondencia postal había sido severamente restringida. Las cartas entre la zona ocupada y el extranjero se habían limitado a mil unidades diarias, una cuota que cubría una pequeña parte de las necesidades. El correo era controlado en París por los alemanes y la presencia de cualquier documento comprometedor era castigada con trabajos forzados o la pena de muerte.

Robert Langlois no era un héroe. No había participado en el servicio postal clandestino, que permitía a los miembros de la Resistencia comunicarse entre ellos, ni había distribuido panfletos contra la ocupación. No obstante, había ayudado a perturbar las comunicaciones alemanas, extraviando cartas de delación, y había prevenido a varios de sus vecinos de su inminente arresto.

Langlois se lavó la cara en el aguamanil y observó el retrato de su esposa, que colgaba en la pared. En esa foto, tomada poco después de su boda, ella tenía veinte años y una sonrisa que iluminaba los días de lluvia. Desde su muerte, acontecida una década atrás, Robert Langlois se sentía perdido.

Se vistió su uniforme con lentitud, como si cada movimiento fuese necesario para mantener el equilibrio de un imaginario jarrón asentado sobre su cabeza. Después entró en la cocina y se preparó una taza de manzanilla, que acompañó de un trozo de pan.

Antes de salir de casa, pasó por el salón y observó el tablero de ajedrez. En su última jugada, el médico del pueblo le había tomado una torre y atacado su reina. Robert Langlois observó el tablero por enésima vez, sin decidirse por ninguna de las opciones posibles.

Habían iniciado esa partida tres meses atrás y el doctor Duchene tenía en su casa un tablero que replicaba la posición de cada ficha. Cada vez que Robert Langlois le llevaba el correo, le preguntaba si había decidido su próximo movimiento o, si el turno era suyo, le comunicaba su decisión, para que su oponente ajustase las fichas en su tablero. El doctor Duchene solía ser más rápido que Langlois en decidirse. El cartero llevaba una semana reflexionando sobre su próximo movimiento.

Se subió a la bicicleta y pedaleó con lentitud hacia Saint-Coulomb, siguiendo el camino de los Aduaneros. El freno trasero no funcionaba y el delantero lo hacía mal, pero en esos días era imposible encontrar repuestos.

Observó la punta de Meinga, que se adentraba dos kilómetros en el mar y que le hizo pensar, como muchas otras veces, en un gigantesco transatlántico encallado en la costa.

Al llegar a la playa Des Chevrets se apeó de la bicicleta y la dejó sobre la arena. Aquel había sido el lugar favorito de su esposa. Desde su fallecimiento, Robert Langlois iba todos los días a esa playa antes de repartir el correo, hiciese frío, lluvia o sol. Allí podía hablar con su esposa sin que nadie lo tomase por loco. Le explicaba sus miedos y ansiedades y le pedía consejo. No estaba seguro de que su esposa lo escuchase, pero ese ritual constituía un refugio contra la soledad.

Al acercarse a la orilla, Robert Langlois vio una roca que no recordaba en ese lugar. Su vista había empeorado con los años y continuó su paseo sin darle importancia. Cuando alcanzó la orilla, comprobó que se trataba en realidad de una niña.

La pequeña estaba helada. Langlois temió que estuviese muerta, pero cuando la cogió en brazos empezó a tiritar. Desató la boya que llevaba atada al pecho y la arropó con la chaqueta de su uniforme. Sin perder tiempo, la trasladó hasta donde había dejado su bicicleta, la sentó sobre el manillar y pedaleó lo más rápido que pudo hacia Saint-Coulomb.

La niña parecía que se había caído de un barco, o quizá había sobrevivido a un naufragio. Desde el comienzo de la guerra, la aparición de ahogados en las inmediaciones de Saint-Coulomb resultaba habitual. Algunos eran pescadores, pero en su mayoría se trataba de fugitivos que intentaban alcanzar Inglaterra, cuyos cuerpos eran enterrados con rapidez por los lugareños para evitar preguntas de los alemanes.

Quizá no fuese buena idea llevar a la niña a Saint-Coulomb. El médico vivía en el centro del pueblo y mucha gente lo vería llegar con la pequeña. Sería mejor dirigirse a su casa con la niña y pedirle al doctor que acudiese a examinarla.

La respiración de la pequeña era irregular y su frente estaba ardiendo. Robert Langlois le susurró al oído que todo iría bien y pedaleó con más fuerza. Su casa estaba situada cerca de un promontorio rocoso en el que solía concentrarse la niebla y Langlois enfiló con dificultad la cuesta.

Dejó la bicicleta apoyada en un muro y entró con la niña en brazos. Decidió acostarla en la habitación en la que había dormido su mujer al final de su enfermedad y que desde entonces había permanecido cerrada.

Abrió las ventanas para ventilar el cuarto, quitó a la niña las ropas mojadas y la metió entre las sábanas. Después le hizo beber un vaso de agua con miel, muy caliente, y la arropó con dos mantas. Le preguntó si sabía dónde estaban sus padres, pero la niña no respondió.

Se subió otra vez a la bicicleta y fue a buscar al médico. El doctor Duchene había combatido en la batalla del Somme durante la Primera Guerra Mundial, hasta que se disparó a sí mismo una bala en un pie para escapar del horror de las trincheras. Sus conversaciones gravitaban invariablemente en torno al ajedrez, pero el cartero había oído rumores de que simpatizaba con la

Resistencia y curaba de forma gratuita a los partisanos de los alrededores.

La consulta del médico estaba casi vacía. El doctor Duchene creyó que Langlois venía a informarle de su próximo movimiento de ajedrez, pero el cartero le pidió unos segundos en privado y le explicó lo sucedido. Sin hacer preguntas, el médico dejó a sus escasos pacientes, fue a buscar su bicicleta al trastero y siguió a Langlois.

Al llegar a casa del cartero, el doctor examinó a la niña. La pequeña se sometió al examen sin protestar, pero no respondió a ninguna de sus preguntas. Cuando terminó, el médico fue al salón para hablar con Langlois. Este se encontraba de pie, absorto frente al tablero de ajedrez.

—¿Cómo está?

—Padece hipotermia, desnutrición y un fuerte resfriado —explicó el médico—. Considerando que estuvo flotando en el mar en estas fechas, ha salido muy bien parada. Lo único que necesita es sopa caliente y compañía, ambas en abundancia.

Langlois observó el tablero de ajedrez. A diferencia de lo que sucedía en la vida, el ajedrez tenía unas reglas muy precisas. Solo había que respetarlas para mantenerse en territorio seguro.

Le dio las gracias al médico y lo acompañó hasta la puerta. Después fue a la habitación y vio que la niña se había quedado dormida. Langlois nunca había sabido tratar con los niños ni, exceptuando a su esposa, tampoco con las mujeres.

Eran las once de la mañana y todavía no había empezado el reparto del correo. Aunque no había muchas cartas que entregar ni medios para hacerlo, en todos sus años de servicio solo había faltado un día a su rutina. Y había sido para asistir al entierro de su esposa.

Langlois fue a la cocina y puso agua a hervir. Vertió en la olla unas gotas de aceite, una pizca de sal y un muslo de pollo que había reservado para la cena. Pensó en qué hacer con la niña, pero no llegó a ninguna conclusión.

Mientras revolvía la sopa, decidió atacar el caballo del doctor Duchene con el alfil y forzar un intercambio de piezas. Era una opción arriesgada, pero la mejor a su alcance. Lástima que la vida no fuese tan sencilla como el ajedrez.

44

Robert Langlois pedaleó en dirección al acantilado y observó la costa entre los jirones de niebla. Unas nubes de lluvia se habían levantado sobre el mar, creando reflejos cenicientos en su superficie.

Maiwen, su vecina, estaba de pie junto al acantilado. Siguiendo la costa hacia el este se encontraba la localidad de Dunkerque, donde había muerto el único hijo de la mujer unos meses después de comenzar la guerra. Tras recibir la noticia, el marido de Maiwen se había despeñado por ese mismo precipicio mientras pastoreaba su rebaño de ovejas, en un accidente que muchos habitantes de Saint-Coulomb consideraron un suicidio.

Las expropiaciones alemanas habían reducido el rebaño de la vecina de Langlois a una sola oveja, pero no por ello había dejado de producir queso, aunque las cantidades eran tan exiguas que ni siquiera cubrían su propio consumo. Antes de la guerra, vendía sus quesos en las ferias, pero los alemanes habían prohibido su celebración.

Cuando tenía correo, el cartero solía llevárselo a última hora de la mañana y su visita resultaba inusual para alguien de costumbres tan fijas. Al verlo, la mujer se arregló el pelo de forma inconsciente. De joven, había tonteado con Robert Langlois en algún baile. Aunque de eso hacía mucho tiempo.

—Necesito tu ayuda —dijo Langlois, sin siquiera darle los buenos días—. ¿Puedes venir a mi casa?

Maiwen nunca había visto a su vecino tan alterado. Sin preguntarle qué sucedía, lo siguió por el camino que bordeaba la costa.

Al llegar a su casa, la mujer reparó en las contraventanas cerradas y los cercos de polvo sobre los muebles. Entraron en la habitación donde dormía la niña. Maiwen la observó durante unos instantes y le hizo un gesto al hombre para que la acompañase a la cocina.

—¿De dónde ha salido?

—La encontré en la playa Des Chevrets esta mañana. El doctor Duchene dice que necesita compañía y sopa caliente.

De repente, Langlois se acordó de que el marido de su vecina había sido devuelto por el mar en esa misma playa.

—¿Sabe alguien más que está aquí? —preguntó ella.

—Solo el doctor Duchene.

La mujer echó un vistazo a la olla que descansaba sobre la cocina de leña.

—¿Le has preguntado dónde viven sus padres?

—Sí, pero no ha dicho una palabra.

Maiwen regresó a la habitación. La pequeña dormía boca arriba, con una mano apoyada sobre la almohada. Debía de tener cuatro o cinco años y estaba sin duda conmocionada por lo sucedido.

—Puedes ir a repartir el correo —le susurró a Langlois—. Yo me quedo con ella.

El cartero experimentó una profunda sensación de alivio. Antes de que su vecina cambiase de idea, le dio las gracias y se marchó.

Cuando se quedó sola, la mujer acercó una silla a la cama y veló el sueño de la niña. Esta empezó a delirar y su frente se perló de sudor, pero Maiwen le acarició el pelo hasta que volvió a tranquilizarse. A continuación recogió su ropa, la lavó en el fregadero y la puso a secar junto a la cocina de leña.

Probó la sopa que había preparado Langlois y se dijo que era un milagro que hubiese sobrevivido diez años cocinando de esa forma. Buscó condimentos en las alacenas, pero lo único que encontró fueron unas hojas de laurel. Las vertió en la sopa y, tras avivar el fuego, añadió un poco más de aceite y sal. Al darse la vuelta, vio a la niña en el umbral de la cocina.

—¿Dónde está mi papá?

La mujer reflexionó sobre cómo responder a esa pregunta. No le gustaba mentir a los niños, pero tampoco tenía la certeza de que sus padres se hubiesen ahogado.

—Se ha ido de viaje por una temporada —respondió finalmente.

—¿Cuándo volverá?

La mujer acarició el pelo castaño de la niña. Como buena bretona, sabía que la mejor forma de responder a una pregunta era con otra.

—¿Tienes hambre?

La niña asintió. Su ropa tardaría en secarse, y la mujer la arropó con una manta antes de sentarla en una silla.

—Yo me llamo Maiwen. ¿Y tú?

—Marie.

La mujer le sirvió un tazón de sopa con el muslo de pollo. La niña comió con avidez, como si no hubiese probado bocado en una semana. Su rostro conservaba la tristeza de los náufragos, pero empezaba a recuperar el color.

—¿Está rico?

Marie respondió con una sonrisa, que hizo pensar a Maiwen que los niños eran más fuertes que los adultos. Si se les daba cariño, eran capaces de arrinconar todas las tragedias en el fondo de su alma, de poner nuevamente a cero el reloj de su vida. *Ojalá fuese así en el caso de Marie.*

45

Robert Langlois acabó de repartir el correo al caer la tarde. Entró en su casa de puntillas, por si la niña seguía durmiendo, pero la cocina estaba vacía y en el dormitorio la cama estaba hecha. Revisó una a una las habitaciones, pero no encontró a Maiwen ni a la niña por ningún lado.

Lo primero que pensó fue que los alemanes las habían detenido, pero la casa estaba perfectamente ordenada. Se subió a la bicicleta y pedaleó hacia la casa de su vecina. En las ventanas no había luz y por mucho que llamó a la puerta nadie le abrió.

Regresó a su casa en bicicleta, cada vez más nervioso. ¿Habría acudido Maiwen a las autoridades alemanas? Si era así, Langlois tendría dificultades. Perdería su trabajo y acabaría probablemente en un campo de concentración.

Al regresar por el camino de los Aduaneros, vio a Maiwen y a la niña caminando de la mano. Venían de la playa Des Chevrets.

—Me has dado un susto de muerte —le reprochó a su vecina.

—Marie y yo hemos ido a dar un paseo por la playa, para ver si encontrábamos a su padre.

Robert Langlois se alegró de haberle pedido ayuda. Al menos sabían que la niña se llamaba Marie.

—He preparado algo de cenar, aunque no había muchas cosas en la despensa —le informó la mujer.

—No tenías que haberte molestado.

—No ha sido ninguna molestia.

Al llegar a casa de Langlois, la mujer destapó una olla y sirvió en una fuente la col hervida. Se sentaron alrededor de la mesa y comieron con ganas, aunque habrían agradecido unas patatas para acompañar la verdura.

Cuando acabaron de cenar, había caído la noche. Maiwen llevó a Marie a la habitación, le dio un beso en la frente y dejó el quinqué encendido. Al regresar a la cocina, vio que Langlois tenía la mirada perdida en su vaso.

—Su padre iba con ella en el barco —susurró la mujer.

—¿Y su madre?

—Al parecer, se quedó en tierra.

—¿Te ha dicho de dónde es?

—De un pueblo llamado Morly, en Provenza. —El cartero bebió un sorbo de agua. El aplomo de su vecina lo tranquilizaba—. ¿Qué vamos a hacer con ella? —preguntó Maiwen.

Robert Langlois reparó en su uso del plural, pero no hizo ningún comentario. Provenza se encontraba a mil kilómetros de Saint-Coulomb y, con el país ocupado por los alemanes, lo único que podían hacer era esperar.

—Se ha hecho tarde —dijo la mujer—. Será mejor que me vaya.

Los ojos de Robert Langlois se cruzaron con los de su vecina. Se sentía muy cómodo en ese momento, no había estado así desde la muerte de su esposa.

—Te agradecería que cuidases de la niña en los próximos días, mientras yo voy a trabajar —balbuceó el cartero—. Solo hasta que se encuentre mejor.

—Claro —respondió ella con una sonrisa—. Solo hasta que se encuentre mejor.

46

Provenza

Henri Vancelle se apoyó en el capó del automóvil y encendió un cigarrillo. Llevaba casi una hora esperando la llegada del cargamento y empezaba a impacientarse. Aunque la carga iba oculta bajo fardos de heno, el largo viaje desde Bretaña multiplicaba la probabilidad de que fuese interceptada por los alemanes.

Escuchó un ruido en el camino y, con un movimiento rápido, se escondió detrás del automóvil. Tiró el cigarrillo al suelo y lo pisó con la bota. Con la pistola en la mano, vio acercarse un carro lleno de heno. Al lado del conductor iba una mujer, algo que no formaba parte del plan.

—¿Quién es? —preguntó Henri, señalando hacia la mujer con la pistola.

—Está escapando de los alemanes —respondió el hombre que sostenía las riendas. Había accedido de mala gana, ante la insistencia de su tía, a que Mathilde lo acompañara en el trayecto desde Saint Brieuc.

Henri se acercó al carro y observó a la mujer con detenimiento. Tenía la piel de alabastro y era muy atractiva.

—¿Cómo te llamas?

—Mathilde —respondió ella, con voz decidida.

Henri analizó sus opciones. El hombre que había utilizado como mensajero hasta el momento, para recibir los pagos de comerciantes a los que abastecía con productos del mercado negro, acababa de fallecer en un accidente. Necesitaba reemplazarlo con urgencia.

—¿Eres judía?

Ella negó con la cabeza, pero Henri no la creyó. De todas formas, le daba igual. Su condición de mujer podía resultarle útil. Muchos hombres jóvenes, que se habían unido a un maquis, se encontraban detenidos como prisioneros de guerra o habían sido enviados como obreros a Alemania. Las mujeres pasaban más desapercibidas.

Henri miró hacia los lados y guardó su pistola en el bolsillo. Había decidido darle una oportunidad a Mathilde. Al menos, hasta que se cansara de ella.

47

Saint-Coulomb

Robert Langlois se detuvo en el café de la plaza cuando acabó de repartir el correo. Había transcurrido una semana desde la llegada de Marie a Saint-Coulomb y la vida del cartero había dado un vuelco. Esa mañana se había olvidado incluso de pasear por la playa Des Chevrets.

Maiwen iba todos los días a su casa para cuidar de la niña. Cuando Langlois regresaba, cenaban juntos y se explicaban las pequeñas anécdotas que habían jalonado su día. A veces, Robert Langlois se descubría contándole a Maiwen cosas que solamente había compartido con su mujer. La noche anterior habían llegado a bailar juntos, ante la mirada divertida de la niña. Por primera vez en muchos años, Langlois se sentía optimista y tenía la impresión de que la vida merecía la pena.

El cartero dejó su gorra sobre la barra del café y le pidió al propietario un vaso de limonada. Antes de la guerra, Langlois solía ir a ese establecimiento al finalizar el reparto del correo. Desde hacía unos años, lo único que conseguía sacarlo de su indiferencia eran las partidas de ajedrez con el doctor Duchene.

Langlois bebió un trago de limonada y comprobó que tenía un sabor diferente al que recordaba. Tal vez porque estaba hecha con sacarina en lugar de azúcar. Tras cuatro años de ocupación, Francia era un país en ruinas y el *ersatz* —la achicoria, la sacarina, el gasógeno— se había convertido en una forma de vida.

El propietario del café se inclinó hacia él y, empleando un tono de confidencia, le susurró:

—Los alemanes han detenido al doctor Duchene.

Robert Langlois estuvo a punto de atragantarse. Depositó el vaso sobre el mostrador.

—¿Cuándo ha sido?

—Fueron a buscarlo esta mañana a su consulta. Se lo han llevado a Saint-Malo para interrogarlo.

Langlois dejó una moneda sobre la barra y salió del café. Sometido a tortura, el doctor Duchene acabaría hablando a los alemanes de Marie; si no lo había hecho ya.

Pedaleó con rapidez hacia su casa. El día era gris y la humedad le empapó el rostro. Lo mejor sería pedirle a Maiwen que escondiese a la niña durante unos días, pero se trataba de una solución provisional. Los alemanes registrarían las viviendas de los alrededores y terminarían por encontrarla.

Al llegar a su casa, vio en el mar arreboles de tormenta. Un automóvil con las insignias de la cruz gamada se acercaba a gran velocidad por el camino de los Aduaneros. Langlois miró hacia las ventanas. No tendría tiempo para esconder a la niña.

El vehículo se detuvo frente a su hogar y dos hombres descendieron de él. Se identificaron como miembros de la Gestapo y ordenaron a Langlois que abriese la puerta. No tenía sentido oponerse. El doctor Duchene habría confesado bajo tortura y la pesadilla de Langlois estaba a punto de hacerse realidad. La niña sería detenida y él acabaría en un campo de concentración en Alemania.

Uno de los hombres esperó frente a la puerta mientras el otro inspeccionaba la vivienda. Los minutos discurrieron con una lentitud exasperante, sin que Langlois oyese ningún ruido.

El hombre salió finalmente de la casa y, sin dirigirle la palabra al cartero, le indicó a su compañero que entrara en el coche.

Langlois respiró al ver alejarse el automóvil. En esa ocasión habían tenido suerte.

48

Maiwen entró con Marie en la bodega. Desde su llegada a Saint-Coulomb, la niña la seguía a todas partes como un perrito faldero. Las primeras noches se había despertado frecuentemente, pero las pesadillas remitieron progresivamente y había recuperado la sonrisa.

Desde la muerte de su hijo, la mujer no estaba en buenos términos con Dios. No obstante, consideraba a la niña un regalo de la providencia. Era ella quien necesitaba a Marie, más que a la inversa. Tras su llegada a Saint-Coulomb, la pequeña le había devuelto las ganas de vivir. Maiwen se sentía necesaria para la niña y ese hecho despertaba en ella una energía que no había experimentado en años.

Con la ayuda de Marie, mezcló la leche en la prensa hasta formar una pasta sólida. Antes de la guerra, fabricaba quesos de cinco kilos de peso. Desde el comienzo de la ocupación, sin embargo, la leche se había convertido en un artículo de lujo. Para elaborar un kilo de queso hacían falta cinco litros de leche, una cantidad que su oveja necesitaba casi una semana para producir. A pesar de esas dificultades, la fabricación de queso se había convertido para ella en una forma de resistencia, en un instrumento para convencerse de que su destino aún le pertenecía.

Calentó la pasta y la dejó en un molde. La masa láctea tendría que reposar durante varias semanas, a la temperatura y humedad adecuadas. Maiwen no pudo evitar preguntarse si cuando el queso estuviese listo, Marie seguiría viviendo con ella en Saint-Coulomb.

La mujer oyó que Robert Langlois la llamaba desde el exterior. Su voz sonaba tan seria que ella intuyó que pasaba algo. Le pidió a la niña que esperase en la bodega y salió para hablar con su vecino.

—La Gestapo se ha presentado en mi casa para buscar a la niña.

—¿Cómo sabían que estaba allí?

—El doctor Duchene ha sido detenido por los alemanes. Es demasiado peligroso que Marie se quede en Saint-Coulomb.

—No creo que vuelvan a buscarla —replicó la mujer, sin convencimiento—. Además, ¿adónde quieres que vaya?

—A Morly, con su madre.

Ni siquiera sabían si su madre vivía allí. Con el país ocupado por los alemanes, viajar se había convertido en una tarea casi imposible.

—¿Y cómo pretendes llevarla?

—Sentada en el manillar de mi bicicleta. No se me ocurre otra forma.

La mujer se frotó las manos con nerviosismo. Estaba temblando.

—Tengo una bicicleta en el desván —dijo la mujer—. No está en buen estado, pero servirá... Iré con vosotros.

—Nos pondrías en peligro. Además, Morly está muy lejos. Será mejor que te quedes y le digas a la gente que estoy enfermo. Así nadie hará preguntas.

Maiwen giró la cabeza para ocultar su zozobra.

—¿Cuándo te irás?

—Esta noche, antes de que los alemanes vuelvan a buscar a Marie.

Ella asintió con pesar y se acordó de su hijo, un muchacho alegre que había sido muy apreciado por las jóvenes de los alrededores. Maiwen había pensado muchas veces en acabar con su vida, pero no quería irse del mundo hasta que la ocupación de Francia hubiese tocado a su fin. Su hijo había muerto por esa causa y ella debía resistir hasta ver su objetivo cumplido.

La mujer regresó al interior de la bodega. Marie estaba sentada en una silla y ella se arrodilló a su lado.

—Vamos a tener que separarnos durante un tiempo. Robert te va a llevar a casa de tus padres.

—¿No vienes con nosotros?

Maiwen acarició el pelo de la niña. Tuvo que hacer un esfuerzo para contener las lágrimas.

—No es posible, pero cuando acabe la guerra iré a verte.

—¿Me lo prometes?

La mujer asintió con la cabeza, incapaz de articular una palabra en ese momento. ¿Qué sería de ella cuando Marie se hubiese marchado?

49

Morly

Marie bajó al patio a jugar, como cada tarde. *Madame* Saint Matthieu le había confeccionado una muñeca utilizando retazos de tela. Aunque *Minette,* la gata del matrimonio, le había arrancado los ojos a arañazos, Marie no se separaba nunca de su muñeca.

Hacía unos meses que vivía en Morly con los Saint Matthieu. Tras buscar infructuosamente a sus padres, el párroco de la localidad había puesto a Robert Langlois en contacto con los Saint Matthieu, que aceptaron quedarse con la niña hasta que sus padres regresaran.

El cartero de Saint-Coulomb ignoraba que los Saint Matthieu eran judíos y que habían conseguido ocultar su identidad gracias a la apariencia católica de su apellido, así como al pago de la totalidad de sus ahorros a un oficial del régimen de Vichy, que se comprometió a borrar sus nombres de los ficheros de la temida Comisión General para Asuntos Judíos.

Cuando llegaron los soldados, Marie estaba peinando a su muñeca. Los hombres llevaban uniformes grises y sus botas relucían como la lluvia. La niña recordó los controles durante el viaje en tren a Saint Brieuc y sintió miedo.

Los soldados avanzaron hacia las escaleras, sin reparar en ella. Marie se apoyó en el muro y abrazó a su muñeca. Los hombres regresaron poco después, acompañados por los Saint Matthieu. Estos llevaban dos maletas, como si fuesen a partir de viaje.

Marie pensó en acercarse a *madame* Saint Matthieu, pero la mirada de advertencia de la mujer, unida a la intuición que una niña de cinco años era capaz de desarrollar en tiempos de guerra, hizo que se quedara callada mientras los Saint Matthieu iniciaban un viaje del que no regresarían nunca.

Marie se sentó en las escaleras con su muñeca en el regazo. Tenía hambre, pero *madame* Saint Matthieu no podría darle la merienda como las otras tardes.

Al cabo de un rato, decidió subir al apartamento. La puerta estaba abierta y entró corriendo en el dormitorio, como si un soldado invisible la persiguiese. A continuación se tumbó en la cama, con su muñeca muy apretada contra el pecho, y pensó en su madre.

50

Marie se despertó con la esperanza de que los Saint Matthieu hubiesen regresado. Entró en la cocina, abrazada a su muñeca, pero el tazón de pan con leche que *madame* Saint Matthieu le daba cada mañana no estaba sobre la mesa.

Se acordó de los soldados y tuvo miedo de que volviesen a buscarla. Apretó un poco más la muñeca contra su pecho como si, al resguardarla, se protegiese también a sí misma.

Le vino a la memoria el pequeño queso que había elaborado unos meses atrás con Maiwen y que esta le había dicho que podría comer en primavera. Lástima que ya no viviesen juntas.

¿Aceptarían los Renard darle algo de comida? Marie se asomó con timidez a la escalera y llamó a la puerta de los vecinos. *Madame* Renard apareció en el umbral. Llevaba una bata descolorida y una redecilla sujetaba su pelo color platino.

—¿Por qué no te han llevado con ellos?

Marie miró a su muñeca.

—*Madame* Saint Matthieu me daba un trozo de pan para desayunar...

—Un trozo de pan, un trozo de pan, como si lo regalaran. Si no fuese por los judíos, los alemanes nos dejarían en paz. ¿Se han llevado tu cartilla de racionamiento? —Marie la miró con los ojos muy abiertos—. ¿Qué vas a saber tú? Vamos, entra, que se enfría la casa.

El marido de *madame* Renard apareció en el pasillo.

—Dale las sobras de ayer —le pidió esta—. Voy a echarle un vistazo al apartamento, antes de que los alemanes hagan una limpieza.

El hombre condujo a la niña hasta la cocina y le sirvió una cabeza de pescado. Marie estaba comiendo cuando *madame* Renard regresó con una tetera, una sartén abollada y un reloj de cuco.

—Mira qué viejo está todo —señaló la mujer.

—¿Has encontrado algo de valor?

Madame Renard sonrió, mostrando su dentadura amarillenta, y sacó de su bolsillo la cartilla de racionamiento de Marie. Todavía tenía los cupones para la leche.

—¿Puedo quedarme con *Minette*?

—¿Quién es *Minette*? —inquirió el hombre.

—El gato —resopló *madame* Renard—. Como si no tuviésemos suficientes bocas que alimentar.

51

Marie cerró los ojos e intentó pensar en algo alegre, pero el trastero estaba muy oscuro. *Madame* Renard la había encerrado allí por decir que tenía hambre.

Al cabo de un rato, la puerta se abrió y *madame* Renard le ordenó que fuese a buscar sus cosas. Llevaba un vestido muy gastado y un broche con alas de mariposa.

—¿Adónde vamos?

Madame Renard no respondió. En las últimas horas había conseguido aprovisionar su despensa de azúcar y leche gracias a los cupones de la cartilla de racionamiento de Marie.

Metió en una bolsa la ropa de la niña —un vestido, tres piezas de ropa interior, dos pañuelos amarillentos y unas zapatillas con un agujero en la suela— y le dio la mano para bajar las escaleras.

Arrastrando su muñeca, Marie siguió a *madame* Renard por la acera. Había llovido por la noche y la niña tuvo que esforzarse para no pisar los charcos que se habían formado en la acera.

—¿Adónde vamos? —repitió Marie.

—Si no quieres dormir esta noche en la calle, será mejor que estés callada.

Se detuvieron en un portal y *madame* Renard subió las escaleras, seguida por la niña. Al llegar al primer piso, la mujer llamó a la puerta. Marie vio aparecer a *madame* Rosier, su maestra en el colegio.

—*Madame* Renard, ¡qué sorpresa!

—Necesito hablar con usted. ¿Puedo pasar?

El rostro de *madame* Rosier mostraba un evidente recelo, pero las invitó a entrar.

—¿Le apetece un té?

Madame Renard rechazó el ofrecimiento con un ademán de grandeza, como si viniera de tomarlo en el palacio de Buckingham, y se sentó en el desgastado canapé de cretona. La maestra fue a la cocina y regresó con una pequeña manzana para la niña.

—¿No quieres ir a la terraza a ver los canarios? —le preguntó.

Marie le dio un mordisco a la manzana y se alejó, aunque sin perder de vista a las dos mujeres.

—Los Saint Matthieu han sido detenidos por la Gestapo —explicó *madame* Renard—. Fíjese en qué peligro he vivido todo este tiempo, relacionándome con ellos.

Madame Rosier la escrutó durante unos instantes, pero no dijo nada.

—Gracias a Dios no se llevaron a la niña —opinó finalmente la maestra—. ¿Sabe algo de sus padres?

—Han desaparecido. La niña no tiene a nadie en el mundo.

—Pobre criatura…

—Desgraciadamente, no puede quedarse conmigo. Es el primer sitio donde la buscarán los alemanes.

—En eso tiene razón.

—Será mejor que se haga usted cargo de ella.

—¿Yo?

—Al fin y al cabo, usted es su maestra.

Madame Rosier se levantó del sofá y dio una vuelta por la habitación. Si la Gestapo descubría que cobijaba a una niña judía, tendría serios problemas.

—Lo que me propone es muy peligroso —susurró.

—Nadie tiene que enterarse de que la niña vive con usted.

—Morly es un lugar pequeño, *madame* Renard. ¿Cómo pretende que oculte algo así?

—Puede tenerla encerrada en casa. La guerra no va a durar toda la vida.

—¿Y el colegio?

—Enséñele por las noches. Mejor profesora no va a tener.

Madame Rosier reflexionó durante unos instantes.

—¿Y si algún vecino pregunta por ella?

—Diremos que la Gestapo se la llevó con los Saint Matthieu. Al campo de Royallieu, por ejemplo.

El plan era razonable, aunque no sería fácil tener a Marie encerrada en casa. Una niña de cinco años necesitaba jugar, respirar al aire libre. Por desgracia, no les quedaba otra alternativa.

—Tendremos que guardar el secreto hasta que acabe la guerra —advirtió la maestra.

—Por lo que a mí respecta, la niña ha dejado de existir.

Madame Rosier se levantó y caminó hacia Marie. La pequeña estaba tan absorta mirando los canarios que no la vio llegar. La mujer apoyó una mano sobre su hombro.

—¿Te gustan los pájaros? —Marie asintió con la cabeza—. Dan mucho trabajo y me vendría bien una mano amiga para darles de comer y cambiarles el agua. ¿Te gustaría quedarte conmigo para ayudarme?

Los ojos de la niña se llenaron de lágrimas. *Madame* Rosier se las limpió con la manga de su chaqueta.

—Echas de menos a tus padres, ¿verdad? —La niña asintió con la cabeza—. Si quieres, esta tarde podemos escribirles una carta.

La niña volvió a asentir. Después, giró la cabeza hacia su maestra.

—*Minette* tampoco tiene adónde ir. ¿Puede quedarse con nosotras?

52

Aix-en-Provence

Mathilde esperó en la acera a que el último cliente abandonara la carnicería. Se sentía agotada. Los rumores sobre el final de la guerra y su deseo de que esta terminara, para poder buscar a su hija, le impedían descansar por las noches. Según la BBC, las tropas aliadas desembarcarían en Francia de forma inminente.

Mathilde llevaba unos días trabajando para Henri, recogiendo sobres con dinero en panaderías, charcuterías y comercios de todo tipo. La penuria generalizada, junto a la decisión del Gobierno francés de fijar los precios de los alimentos, había hecho que las materias primas abandonasen las tiendas para trasladarse al mercado negro. Las carreteras de Francia estaban inundadas de personas que cargaban con maletas llenas de víveres, los cuales revendían en las ciudades a un precio muy superior. La contravención de la ley se castigaba con severidad y los inspectores de avituallamiento visitaban regularmente las tiendas, pero algunos comerciantes seguían vendiendo todo tipo de alimentos: igual que antes de la guerra, pero a precios mucho más altos. En el caso de Henri, su pertenencia a la Milice le proporcionaba una total impunidad.

La mujer vio salir al cliente y entró en la carnicería. Al verla, el tendero le indicó que pasara a la trastienda y puso el cartel de «cerrado» en la puerta. A continuación el hombre le tendió un sobre, y Mathilde contó el dinero antes de guardarlo en su bolso.

Una vez en la calle, se dirigió sin demora al apartamento de Henri. No quería arriesgarse a que le robasen, pues el miliciano no era alguien a quien conviniera enfadar. Tenía la mirada vacía, como la de un muñeco de cera. Mathilde deseaba que acabara la guerra para no volverlo a ver.

Subió las escaleras y llamó a la puerta del apartamento. Henri le abrió tras una larga espera. El corazón de Mathilde empezó a latir aceleradamente mientras el hombre contaba el dinero con lentitud, recreándose en su ansiedad. No quería ni imaginar qué ocurriría si faltase algún billete.

Satisfecho con la suma, Henri clavó en ella sus ojos fríos y burlones, como si Mathilde fuese un objeto de su propiedad. Inconscientemente, ella se llevó las manos a sus brazos llenos de moratones.

El hombre le acarició el cuello durante unos instantes. A continuación se dirigió hacia la puerta del apartamento.

—He encontrado esto en el forro de tu abrigo —dijo Henri, mostrándole el brazalete de diamantes regalo de su madre—. Sería una pena que te lo robasen, así que voy a guardártelo.

Cuando el hombre salió del apartamento, Mathilde fue a sentarse en una silla. El brazalete no solo había sido su reserva frente a un momento de adversidad, sino que constituía el último vínculo con su familia. Pensó en el final de la guerra, en Erik, en Marie. Henri creía que era judía y ella no había querido sacarlo de su error. Hasta cierto punto, era una forma de honrar la memoria de su marido. Erik era el hombre más íntegro que había conocido. La felicidad no había durado mucho tiempo, pero había sido tan intensa que no se arrepentía de haberse casado con él.

Se levantó de la cama y fue a la cocina para beber un vaso de agua. Unos días antes había enviado una carta a la madre del pescador, en Saint Brieuc, y otra a los Saint Matthieu, pidiéndoles que le escribieran si tenían noticias de la niña. Por el momento, no había recibido respuesta.

La incertidumbre sobre el paradero de su hija amenazaba con volverla loca. Los nazis perderían seguramente la guerra, pero Mathilde había perdido la suya el día que se separó de Erik y Marie en el puerto de Saint Brieuc. Pensó en Dieter, pero dudaba de que siguiese trabajando en la Embajada de Alemania en París. Era un soldado y estaría luchando en el frente. Si seguía vivo, era improbable que pudiese hacer nada por ella.

Se acordó de su familia y pensó que la vida en Berlín tampoco sería fácil. Los aliados estaban bombardeando Alemania y la capital del Reich sería su principal objetivo. Su padre era un hombre influyente y tal vez podría ayudarle a encontrar a Marie. No estaba segura de que aceptase, pero no perdía nada por intentarlo. Decidió escribirle una carta, que dejaría en el cuartel alemán de Aix-en-Provence, en un sobre dirigido al barón Von Eisler, con domicilio en Französische Strasse.

Cogió un papel y se sentó en la cama. Era la primera vez en varios años que se obligaba a utilizar su lengua materna. Desde su llegada a Francia, expresarse en francés había sido una necesidad y también una forma de oponerse al nazismo.

Observó el papel en blanco durante unos instantes. La carta sería leída por la censura, así que debía ser cuidadosa. Después de tanto tiempo, no sabía qué decirle a su padre. Tal vez este ya no sintiese nada por ella.

Después de unos instantes de indecisión las palabras empezaron a fluir. Se dio cuenta de lo mucho que había echado de menos escribir y dejó que las dudas y remordimientos se plasmaran en el papel.

Le relató a su padre las circunstancias de la desaparición de Marie y, sin mencionar la intervención de Dieter en París, le explicó que su apellido era ahora Dehaene. A continuación le escribió a su padre lo que habría querido decirle durante su último encuentro en Berlín: que lo echaba de menos, que lamentaba haberlo decepcionado al casarse con Erik y que nadie le había hecho sentirse tan segura como cuando, de pequeña, se encontraba entre sus brazos.

Acabó su carta con las palabras: «Si todavía significo algo para ti ayúdame a encontrar a mi hija. Marie es lo que más quiero en este mundo».

53

Clement estaba sorprendido por el cambio experimentado por Paul en unas pocas semanas. Su entrenamiento en Inglaterra le había hecho ganar en determinación y aplomo; había recibido las mejores evaluaciones de sus instructores en el SOE, que recomendaban su asignación a misiones especialmente difíciles.

Las cosas no habían resultado tan sencillas para Clement, que había sido uno de los primeros operadores de radio, conocidos como «pianistas», en la sección francesa del SOE. La Dirección de Operaciones Especiales, creada en 1940 por Winston Churchill con el objetivo de «incendiar Europa», tenía por misión llevar a cabo actividades de espionaje y sabotaje en los territorios ocupados por Alemania.

Clement se había alistado en el ejército francés antes de que Francia le declarase la guerra a Alemania. Había sido una decisión irreflexiva, tomada más por deseos de aventura que por patriotismo. Tras un entrenamiento de varios meses, había sido destinado al ejército de marina. La guerra lo sorprendió a bordo de la fragata *Robespierre*, que fue torpedeada por un submarino alemán en las inmediaciones de Brest. Clement consiguió saltar al agua antes de que las calderas del buque explotaran y alcanzó la costa a nado.

Durante el caos generado por la invasión alemana, permaneció junto a otros soldados franceses en un campamento de la Cruz Roja, donde le proporcionaron ropa, comida y la perspectiva de un trabajo. El médico del campo resultó ser un agente de reclutamiento del SOE.

Después de varias semanas en Inglaterra, Clement fue lanzado en paracaídas en el sur de Francia. Pasó las primeras noches en un bosque cercano a Aix-en-Provence, desde donde enviaba a Londres la escasa información obtenida sobre las posiciones alemanas en la zona. Cada radio-operador del SOE poseía un nombre en clave y unos códigos cifrados que le habían sido transmitidos en persona, para dificultar su intercepción por los alemanes.

Poco después se estableció en Aix-en-Provence y creó una red de colaboradores, con el objetivo de informar al SOE sobre la organización de la Gestapo en el sur de Francia, las rutas de aprovisionamiento del ejército alemán y los nombres de agentes dobles infiltrados en la Resistencia.

Clement había luchado mucho para llegar hasta ese lugar. Aunque las tropas aliadas estaban a punto de desembarcar en Francia, los alemanes tenían recursos suficientes para arrasar el país antes de retirarse. La prioridad de Clement era permanecer con vida, pero también posicionarse en la lucha de poder que tendría lugar al final de la ocupación. No iba a consentir que un advenedizo le robase protagonismo.

—¿Has conseguido la información sobre la refinería de Lavéra? —le preguntó a Paul. Unos días antes, Clement había recibido una solicitud de Londres con carácter urgente. Aunque su contacto en el SOE no le había explicado el motivo, suponía que los aliados planeaban sabotear o atacar la instalación. Con sus quinientos trabajadores y una capacidad para refinar anualmente trescientas cincuenta mil toneladas de petróleo, el complejo industrial de Lavéra era vital para el esfuerzo de guerra alemán. Desde finales de 1942, cuando los alemanes invadieron la mitad de Francia controlada por el régimen de Vichy, la refinería abastecía de combustible a las tropas alemanas estacionadas en el sur de Francia. Sería un enclave estratégico si los aliados desembarcaban en aquella zona.

—El complejo de Lavéra es una auténtica fortaleza —explicó Paul—. Está sometida a una vigilancia exhaustiva. Funciona con tres turnos de ocho horas y solo los trabajadores autorizados pueden acceder al recinto.

—¿Qué hay de los aprovisionamientos?

—Se realizan los lunes por la mañana, en camiones escoltados por vehículos acorazados.

—¿Y las defensas?

—El complejo está cercado por una valla electrificada, con siete torretas equipadas con ametralladoras MG42, capaces de disparar mil quinientas balas de 7,92 milímetros por minuto. Cuatro Panzer IV, dotados de cañones de 7,5 centímetros, hacen guardia en las esquinas de la empalizada. Atacar esa fortaleza con tropas de infantería es inviable.

—¿Opciones de sabotaje?

—Escasas. Los alemanes realizan controles exhaustivos y será imposible introducir explosivos. La única alternativa es bombardear las instalaciones desde el aire.

El resistente observó a Paul con fingida indiferencia. Era bueno, realmente bueno. Clement había llegado a la misma conclusión respecto a la refinería, pero había necesitado mucho más tiempo. Las defensas antiaéreas alemanas eran sólidas y las bases aéreas aliadas se encontraban todavía lejos del sur de Francia. Esa noche utilizaría su radio B2 para transmitir a Londres la información obtenida por Paul. Aunque lo haría en su nombre, no podría evitar preguntas sobre el agente que había obtenido esa información con tanta rapidez y eficacia.

—Necesito que vayas a Burdeos para ocuparte de algo.

Paul miró a Clement. Aquella ciudad estaba muy lejos: no tenía ningún sentido que lo enviara allí.

—Ahora no puedo irme —replicó, pensando en Henri Vancelle—. Hay algo de lo que tengo que ocuparme.

—¿Estás desobedeciendo una orden?

—En cuanto haya acabado esa tarea iré adonde quieras.

Clement hizo un esfuerzo para no mostrar su cólera. Decididamente, Paul se había convertido en una amenaza. Tendría que hacer algo al respecto.

54

Berlín

El barón Von Eisler se sentó en su sillón favorito y observó los escombros que se amontonaban en la terraza. Los bombardeos aliados habían creado socavones en el jardín y destruido el ala norte de la casa, que parecía víctima de la dentellada de un animal mitológico. El lado sur se mantenía todavía en pie y el barón había instalado allí su despacho.

Las ventanas del salón estaban rotas y la lluvia formaba charcos sobre el parqué. Al igual que su propietario, la mansión de Französische Strasse había conocido tiempos mejores.

La baronesa había muerto un año antes a consecuencia de una hemorragia cerebral. Su salud se había deteriorado progresivamente desde el comienzo de la guerra. La esposa de Manfred von Eisler había dejado de luchar cuando su hija decidió marcharse de Alemania.

El hombre acarició la pistola Luger que descansaba en su regazo. Desde hacía unos días vivía recluido en su mansión y, tal vez en un intento de ordenar el caos que se había adueñado de su vida, había retomado la lectura de los clásicos grecolatinos, especialmente de Aristóteles y Séneca.

A pesar del fracaso de la conspiración, Von Eisler no se arrepentía de haber instigado el intento de asesinato a Hitler. Había sabido desde el principio que apoyar al «cabo austriaco» suponía abrir una caja de Pandora, y sus temores se habían convertido en realidad. Regido por un demente, el Reich alemán empezaba a desintegrarse.

Unas horas antes, dos miembros de las Waffen-SS habían ido a visitarlo a su casa. Descubierta la conspiración, le habían ofrecido la posibilidad de suicidarse y recibir un funeral de Estado. En caso contrario, sería fusilado y deshonrado públicamente como un traidor.

El barón acarició la pistola y pensó que lo había perdido todo: familia, fortuna, reputación. Incluso su país. No le quedaba ningún motivo para seguir viviendo.

Se acercó la pistola a la sien y observó la terraza. Recordó los desayunos familiares durante los días de verano, con Mathilde jugando a su lado. Aquellos momentos habían sido los más felices de su vida. Y los había desperdiciado.

El barón escuchó pasos a su espalda y escondió la pistola con un atisbo de pudor. Vio acercarse a Gretchen, la única criada que había decidido permanecer a su lado, aunque ya no tuviese dinero para pagarle. La mujer se fijó en el arma, pero no hizo ningún comentario.

—Acaba de llegar esta carta. Tiene la letra de Mathilde.

Manfred von Eisler sintió que el corazón le daba un vuelco, pero se esforzó para que su rostro no reflejase ninguna emoción.

Cuando Gretchen lo dejó solo, el barón rasgó el sobre con ansiedad y leyó la carta. Al llegar al final, releyó varias veces las últimas palabras: «Si todavía significo algo para ti ayúdame a encontrar a mi hija. Marie es lo que más quiero en este mundo».

El barón sintió un dolor agudo en el pecho. Mathilde era lo que *él* más quería en el mundo, pero había desperdiciado el tiempo a su lado. Su única preocupación había sido contentar a aquellos lunáticos que habían conducido a Alemania a su destrucción.

Manfred von Eisler se levantó con esfuerzo. Su nieta se llamaba Marie y, según aseguraba Mathilde en la carta, se parecía mucho a ella. Y, por tanto, también a él.

¿Por qué no había intentado retener a Mathilde en Berlín? Habría podido utilizar sus influencias para borrar el origen judío de su yerno. Entonces habría sido aún posible, pero estaba demasiado preocupado por su carrera política. Si su hija se lo hubiese pedido habría accedido a ayudarle, pero Mathilde era tan orgullosa como él.

Se apoyó en el piano, ahora en ruinas. Cerró los ojos y vio a Mathilde sentada en la banqueta, con un vestido blanco de organdí y las piernas colgando en el aire, mientras interpretaba una *Invención* de Bach.

Volvió a sentarse en el sillón y empuñó la pistola. En la lejanía resonó el eco de un bombardeo y el barón tuvo la certeza de que el mundo se desmoronaba a su alrededor. Lo que más le dolía era que cuando su hija más lo necesitaba, sería incapaz de hacer nada por ella.

55

Morly

Madame Rosier le había prohibido acercarse a la ventana, pero Marie se aburría tanto que pegó la nariz al cristal y observó la calle desierta. Formó con su aliento una nube en el cristal y dibujó con el dedo una serpiente que protegía un tesoro, y después a un beduino que tenía secuestrada a una princesa.

Desde que vivía con *madame* Rosier no había salido a la calle. El colegio era a veces aburrido, pero estar encerrada en casa resultaba mucho peor. *Madame* Rosier le había explicado que los soldados podían volver a buscarla; por eso nadie debía saber que vivían juntas.

Al principio no se había aburrido. Darle de comer a los canarios era divertido y podía jugar con *Minette*. Cuando el gato se escapó, se entretuvo diseñando vestidos para su muñeca, utilizando periódicos viejos. Después fabricó con ellos una alfombra mágica y viajó por infinidad de países, atravesando montañas nevadas y lagos de color esmeralda, pero al cabo de unos días se cansó de viajar, de su muñeca y de los canarios y empezó a aburrirse.

Madame Rosier iba a la escuela por las mañanas y no regresaba hasta la hora de comer. Por la tarde volvía a dejarla sola. Aquellas horas eran las peores, porque su muñeca dormía la siesta y Marie no tenía a nadie con quien hablar.

Por lo menos, esa tarde hacía frío y podía dibujar en el cristal. Trazó con el dedo una nube y dibujó a su alrededor iglús, esquimales, pingüinos y un pez de tres ojos. Después borró uno de los iglús y dibujó en su lugar un palacio con cuatro torres, en el que vivía un mago enano.

Al borrar el dibujo, distinguió una sombra en la calle. Era Renée, la niña con la que nadie jugaba en el colegio. Pasaba los recreos sola y llevaba un peinado con dos trenzas.

Marie siguió los pasos de Renée con la nariz pegada al cristal. Para su sorpresa, la niña se giró y alzó la vista. Durante unos instantes sus miradas se cruzaron y Marie se apartó de la ventana con el corazón encogido. Si se enteraba de que le había desobedecido, *madame* Rosier iba a enfadarse mucho.

Marie se mantuvo alejada de la ventana durante un buen rato. Tal vez se había imaginado la presencia de Renée. A esa hora, esta tendría que estar en el colegio. En un cuento que *madame* Rosier le había leído unos días atrás, un viajero creía ver un oasis en el desierto, pero este existía solo en su imaginación.

¿Qué le diría a *madame* Rosier si le preguntaba cómo había pasado la tarde? No era grave mentir a *madame* Renard, pero su maestra era cariñosa con ella. Si la encerraba en casa era para que los soldados no la detuviesen. Fuera de casa hacía frío y Marie no tenía abrigo. Se resfriaría y tosería toda la noche y tendría que permanecer en cama varios días. Se aburriría aún más que ahora.

Marie se acercó a la ventana, pero no se atrevió a asomarse. Tal vez Renée seguía en la calle. Corrió la cortina de la forma en la que *madame* Rosier le había enseñado, para no dejar ninguna rendija visible, y se escondió con su muñeca debajo de la cama. Allí estaría segura.

Entonces llamaron a la puerta. *Madame* Rosier le había ordenado que no abriese bajo ningún concepto. ¿Y si alguien había encontrado a *Minette*? Quizá el cartero le traía una carta de sus padres.

Salió de debajo de la cama y caminó de puntillas hacia la entrada. Las tablas de madera crujieron bajo sus pies. Marie arrastró un taburete y miró por la rejilla, pero no vio a nadie.

—Sé que estás ahí —dijo Renée al otro lado de la puerta—. Déjame entrar.

Marie se tapó la boca con las manos y contuvo la respiración. Quiso volver a la habitación para esconderse debajo de la cama, pero el ruido de sus pisadas la delataría. Tenía que esperar a que Renée se marchara.

—Si no me abres, me pondré a gritar.

Marie no sabía qué hacer. Si abría la puerta, *madame* Rosier se enfadaría mucho con ella. Si no lo hacía, Renée llamaría la atención de los vecinos y los soldados sabrían dónde encontrarla.

Puso un pie detrás de la puerta y la abrió un poco, lo suficiente para asomar la nariz por la ranura. Renée estaba sola y Marie la observó con ansiedad. *Madame* Rosier tardaría en volver y no tenía que enterarse. Finalmente, abrió la puerta y guio a Renée hasta su habitación.

—¿Por qué no estás en el colegio? —preguntó Marie.

—La maestra cree que estoy enferma.

Marie pensó que, como Renée nunca jugaba con los otros niños, nadie en el colegio se daría cuenta de su ausencia.

—¿Y a tu padre no le importa?

—Nunca está en casa. Desde que murió mi madre le da igual lo que yo haga.

Marie se acordó de las botas relucientes de los soldados y sintió miedo.

—Todo el mundo piensa que eres judía —le dijo Renée.

Marie había oído en el patio del colegio cosas terribles sobre los judíos. Comían niños y tenían dientes de oro que se quitaban antes de dormir.

—Si quieres podemos ser amigas —ofreció Marie, con timidez.

—No sé si puedo tener una amiga judía.

—Pero yo no soy judía.

Marie estuvo a punto de añadir algo, pero se calló. Tal vez sus padres la habían abandonado porque era judía. Si *madame* Rosier se enteraba, la llevaría de vuelta a casa de *madame* Renard.

—Yo tampoco sé si quiero ser tu amiga —dijo Marie, herida.

Renée la miró con rencor y, sin despedirse, abandonó el apartamento. Cuando se quedó sola, Marie se sentó en la cama. Pensó que no habría debido hablarle de esa forma a Renée, pero ya era demasiado tarde.

Cuando *madame* Rosier llegó a casa, le dio a Marie un beso en la mejilla. Parecía más contenta de lo habitual.

—¿Sabes qué día es hoy?

Marie negó con la cabeza.

—Hoy cumples cinco años. —*Madame* Rosier abrió su bolso y sacó un objeto envuelto en un papel marrón—. ¿No quieres abrir tu regalo?

La niña rasgó el papel con ansiedad. En su interior había un vestido auténtico para su muñeca.

Marie abrazó a *madame* Rosier para darle las gracias. Nunca se había sentido tan feliz.

56

Habían transcurrido varios días desde la visita que Renée le hizo a Marie, y esta pensó que debía de seguir enfadada con ella.

Cogió un papel e hizo un dibujo en el que aparecían sus padres, los Saint Matthieu, Renée, Maiwen y *madame* Rosier. Como no podía salir a la calle, lo guardó en un cajón para dárselo a Renée cuando volviese a verla.

Marie oyó que llamaban a la puerta. Acercó una silla a la entrada y dio un salto de alegría al ver que era la niña. Abrió la puerta muy rápido, temiendo que cambiase de idea y se marchara.

—¿Todavía quieres ser mi amiga?

Marie respondió afirmativamente y condujo a Renée hacia su habitación. Abrió el cajón de la cómoda y le dio su dibujo, pero reparó en que había olvidado dibujar al padre de su amiga.

—Es muy bonito —dijo Renée—. Cuando vuelva a verte, te traeré uno.

A Marie le pareció una buena idea. Si intercambiaban sus dibujos, Renée tendría un motivo para visitarla.

—¿Le has preguntado a tu papá si podemos ser amigas?

Renée pareció avergonzada, como si le hubiesen ordenado callar delante de toda la clase.

—Si se entera, no me dejará venir a verte —respondió Renée, y preguntó a su vez—. ¿Dónde están tus papás?

Marie se enroscó el pelo con los dedos. Pensar en sus padres la ponía muy triste.

La niña escuchó un ruido en la escalera y pensó que tal vez los soldados venían a buscarla. Corrió a esconderse debajo de la cama y le pidió a Renée que hiciese lo mismo.

La puerta de la entrada se abrió y Marie oyó la voz de *madame* Rosier. Presa del pánico, le susurró a Renée que no hiciese ruido.

Al ver que Marie no respondía, *madame* Rosier entró en la habitación. Vio la muñeca en el suelo y se arrodilló para recogerla. Al hacerlo, descubrió a las dos niñas debajo de la cama. Sin decir nada, se sentó sobre el colchón y ocultó su cara entre las manos. Unos segundos después, pidió a las niñas que salieran de su escondite.

—No puedes contarle a nadie que has visto a Marie en mi casa —le dijo a Renée—. ¿Lo has entendido? —Renée asintió, con la cabeza baja—. Hasta que acabe la guerra no podréis volver a veros —añadió la maestra, dirigiéndose a las dos. —Marie suspiró. Ahora que había encontrado una amiga, tenía que separarse de ella—. Vete a casa, Renée. Y, por favor, ni una palabra de esto a nadie.

Cuando la niña se marchó, *madame* Rosier rompió a llorar. Marie se quedó de pie junto a ella, con los brazos cruzados. Todo era culpa suya.

—¿Tengo que volver a casa de *madame* Renard?

Madame Rosier acarició el pelo de la niña.

—Claro que no —respondió—. ¿Qué iba a hacer yo sin ti?

57

Hanri Vancelle apretó el cinturón de su bata de seda y bebió un trago de *pastis.* En los últimos años había ganado mucho dinero, pero no lo suficiente a juzgar por el cariz que estaba tomando la guerra. Siempre se había sentido más alemán que francés, pero lo único que le importaba eran sus propios intereses. La guerra había sido una magnífica oportunidad para ganar dinero; pero también podía serlo para recibir un disparo en la nuca si Alemania perdía la contienda.

Henri había hecho grandes beneficios con el mercado negro. Las autoridades francesas y alemanas estaban dispuestas a hacer la vista gorda a cambio de una parte de los beneficios. Gracias a sus conocimientos de alemán había convencido a varios oficiales de la Wehrmacht para que utilizasen sus marcos artificialmente revaluados para comprar en Francia productos de consumo —martillos, sartenes o calcetines— que revendían después en Alemania con pingües beneficios. Los alemanes tenían dinero, pero desconocían el mercado local. Necesitaban a alguien que gestionase las compras y controlase los aprovisionamientos. Vancelle poseía dotes de organización y, sobre todo, carecía de escrúpulos.

Su pertenencia a la Milice había facilitado mucho las cosas. Las atribuciones de esa organización paramilitar, establecida por Vichy para luchar contra el «terrorismo» de la Resistencia, eran muy similares a las de la Gestapo. Vancelle se había dedicado a perseguir a todos aquellos que conspiraban contra los intereses alemanes. La Milice empleaba la delación, la tortura y las ejecuciones sumarias para conseguir sus objetivos, y Vancelle utilizó esos métodos para eliminar a muchos de sus adversarios en la lucha por el control del mercado negro.

Henri había prestado juramento para combatir la «lepra judía» y se confesaba antisemita, pero lo que realmente le importaba era sobrevivir y enriquecerse, dos objetivos que peligrarían en cuanto los aliados recuperasen el control de Francia; algo que no tardaría en ocurrir.

Desde que tuvo la certeza de que Alemania perdería la guerra, había empezado a preparar su coartada, haciéndose pasar por un miembro de la Resistencia infiltrado en la Milice. Había falsificado documentos y extraído confesiones falsas a condenados a muerte, en las que estos aseguraban que Vancelle había protegido a sus familias. No obstante, se había hecho tantos enemigos en los últimos años que dudaba de que sus esfuerzos fueran suficientes.

La segunda parte de su plan era más práctica. Cuando acabase la guerra tendría que huir de Francia y necesitaría dinero para vivir en la clandestinidad hasta el final de sus días. Y para eso necesitaba la ayuda del hombre con el que iba a reunirse esa tarde.

Henri miró a su alrededor. El propietario del apartamento, un coleccionista judío, había huido sin llevarse sus cuadros ni su mobiliario, y Vancelle alquilaba la vivienda por el precio simbólico de un franco.

Bebió otro trago de *pastis* y releyó la carta destinada a Mathilde, que había sido interceptada en el cuartel de la Milice esa mañana. En la carta, una mujer llamada Flore Saint Matthieu le explicaba que su hija Marie se encontraba con ella en Morly.

Henri se había sentido decepcionado al descubrir que Mathilde tenía una hija. Le había ofrecido techo y protección cuando esta no tenía a quién acudir y ni siquiera le había contado la verdad. Su hermana Sophie, años atrás, había actuado de la misma forma.

Encendió una cerilla y quemó la carta destinada a Mathilde. Si hubiese caído en sus manos, intentaría reunirse con su hija, y Henri la necesitaba a su lado hasta que acabara la guerra.

Alguien llamó a la puerta. Henri fue a abrir, pistola en mano. Era Clement, a quien había mandado recado el día anterior. Su relación había experimentado muchos altibajos a lo largo de los años, pero desde hacía unos meses intercambiaban información que resultaba útil para ambos. El motivo de la visita de Clement esa tarde, sin embargo, era distinto.

Henri invitó al resistente a sentarse en un sofá y le ofreció un cigarrillo. Sin preámbulos, le explicó la razón de su reunión:

—El Banco de Francia planea un envío de dinero en los próximos días. Se trata de un pago a Alemania, en concepto de reparaciones de guerra.

—¿Cuánto dinero?

—Lo suficiente para que los dos vivamos cómodamente el resto de nuestras vidas. Tenemos que atacar ese tren antes de que llegue a Marsella.

—¿Cómo?

Henri observó su reflejo en la ventana y se acarició el cráneo, cada vez más liso. Todas las noches se untaba la cabeza con mantequilla para detener el avance de la alopecia. Sin mucho éxito.

—Utilizaremos un grupo de partisanos —propuso el miliciano.

—Exigirán una parte del botín.

—Les pagaremos una prima por cabeza. No tienen que saber qué hay en los sacos: diremos que se trata de archivos de la Gestapo que los alemanes quieren llevarse de Francia antes de retirarse.

Clement reflexionó durante unos instantes. Conocía bien al cabecilla del maquis de Saint-Sauveur, pero no sería fácil convencerlo de que arriesgase la vida de sus hombres.

—¿Cuándo tendrá lugar el transporte?

—Lo sabrás a su debido tiempo —respondió Henri—. Por el momento, ocúpate de conseguir un grupo de hombres para atacar el tren.

El resistente apagó el cigarrillo en un cenicero y se levantó del sofá. Le vino a la memoria el día en que Henri había informado a sus camaradas de clase de que Clement se orinaba ocasionalmente en la cama. Nunca había sentido tanta vergüenza en su vida.

—¿Te acuerdas de Paul Chevalier?

Henri lo miró con unos ojos fríos y calculadores. Clement había conseguido despertar su interés.

—¿No lo habías enviado a Inglaterra?

—Acaba de regresar. Y está buscándote.

58

Paul vio entrar en el café a Clement, acompañado de una mujer desconocida. Eran las diez de la mañana y todas las mesas estaban vacías. El camarero se afanaba en limpiar la barra con una bayeta renegrida.

Paul situó la mano sobre la pistola que llevaba en el bolsillo. El día anterior había escapado milagrosamente de una patrulla alemana después del toque de queda. Se había adentrado en un pasaje comercial, con el aliento de sus perseguidores en la nuca, para descubrir que la reja al fondo de la galería estaba cerrada. Dado que la barrera no llegaba el techo, trepó por ella y consiguió pasar al otro lado, dejando jirones de ropa. Después había saltado al suelo y, con las balas de los soldados silbando a su alrededor, se alejó corriendo.

Clement y la mujer se sentaron junto a él sin decir nada. Paul observó a la desconocida, cuya mirada poseía un trasfondo de tristeza.

—Esta es Mathilde —explicó Clement—. Mañana te acompañará a Marsella.

Hacía años que Paul no visitaba esa ciudad. Marsella no había conocido la ocupación hasta noviembre de 1942, cuando los alemanes invadieron el territorio de Francia controlado por Vichy. Hasta esa fecha, numerosos judíos acudían a la ciudad para embarcarse en dirección a otros puertos del Mediterráneo, un hecho que llevó a Hitler a calificar la ciudad de «cáncer de Europa» y ordenar a sus tropas que dinamitasen el barrio situado al norte del Vieux-Port, cuyas calles estrechas eran consideradas por los alemanes un nido de insurgentes.

—¿Qué debo hacer en Marsella?

—Eliminar a un colaboracionista: ha denunciado a varios resistentes y seguirá haciéndolo si no acabamos con él. Mathilde lo conoce y te ayudará a identificarlo.

59

Paul y Mathilde permanecieron escondidos hasta la entrada en vigor del toque de queda. Cuando cayó la noche salieron de su escondite y se dirigieron a la calle donde vivía el colaboracionista que ella debía identificar.

Las avenidas estaban desiertas y una luna creciente relucía entre pedazos de nubes. Caminaron muy pegados a las fachadas para no ser vistos. Las calles y edificios de Marsella habían conocido tiempos mejores. El inmueble donde vivía el colaboracionista tenía un balcón desgarrado por el impacto de una bomba y su fachada mostraba varias cicatrices de bala.

Tras asegurarse de que nadie los observaba, cruzaron la calle y se acercaron al portal. La cerradura cedió con facilidad bajo la presión de un cuchillo. Una vez dentro, Paul apretó el puñado de tierra calcinada que llevaba en el bolsillo y percibió su olor a ceniza amarga.

Dos estatuas de alabastro, al extremo de una fila de buzones dorados, protegían el acceso a la escalera. Ascendieron los peldaños de mármol, con lentitud, hasta llegar al cuarto piso.

En la puerta de caoba lucía un timbre con forma de campana, y permanecieron en silencio unos instantes, intentando percibir algún ruido en el interior. Finalmente, Paul introdujo el cuchillo en la cerradura y lo movió de forma circular, hasta que consiguió abrir la puerta.

La luna se reflejaba en la ventana del salón. Avanzaron de puntillas sobre el parqué y examinaron las habitaciones una a una. La puerta del dormitorio estaba entornada y sobre la cama dormía un hombre. Este movió un brazo y se giró sobre un costado, sin despertarse.

—¿Es él? —susurró Paul a Mathilde. La mujer no respondió—. ¿Es él o no?

Paul iba a repetir la pregunta cuando escuchó un ruido de pasos en la escalera. Eran botas de soldados. Le dio la mano a Mathilde y, sin preocuparse del hombre que dormía en la cama, corrieron hacia la puerta del apartamento.

Al salir a la escalera, Paul percibió nuevamente el olor a ceniza amarga. Subieron corriendo hasta la azotea y desembocaron en un gran espacio abierto donde solo unas chimeneas escuálidas ofrecían cobertura.

Avanzaron hacia el borde del edificio y comprobaron que el inmueble vecino se encontraba a unos tres metros de distancia. Varios disparos resonaron a sus espaldas. Paul cogió carrerilla y saltó. Resbaló sobre el borde, pero consiguió agarrarse a una cañería en el último momento. A continuación fue el turno de Mathilde. Estuvo a punto de caerse, pero Paul le tendió el brazo para ayudarle.

Corrieron por la azotea del edificio vecino hasta llegar a una escalera metálica que descendía en espiral hacia la calle. Paul iba a bajar los peldaños cuando reparó en que Mathilde se había quedado atrás. Estaba agachada en el suelo e intentaba recoger un objeto. Desafiando a las balas que silbaban a su alrededor, Paul corrió hacia ella y recogió lo que resultó ser una fotografía. Al volver la vista hacia el lugar de donde provenían las balas, la mirada de Paul se encontró con la de Henri. El hombre miraba a Mathilde con odio, como si fuese una posesión que Paul le estuviese robando.

Escapando de la lluvia de balas, Paul le dio la mano a Mathilde y bajaron corriendo por la escalera de caracol, trastabillando en la oscuridad. Desembocaron en un callejón oscuro. Avanzaron pegados a las fachadas, para protegerse de las balas provenientes de la azotea. Su única esperanza era el alcantarillado, un laberinto de cientos de kilómetros que conducía las aguas residuales de Marsella hacia el mar. Los alemanes tendrían que movilizar una gran cantidad de efectivos para atraparlos en ese lugar.

Paul intentó levantar la tapa del alcantarillado, pero pesaba demasiado. Los gritos y las balas de los soldados resonaban cada vez más cerca de ellos. Hizo palanca con su cuchillo y, ayudado por Mathilde, consiguió levantar la tapa. Descendieron por los peldaños de hierro y, sin preocuparse de la dirección, corrieron por las canalizaciones.

60

Avanzaron sin pausa durante media hora y solo entonces se permitieron un descanso. El agua que se filtraba por las paredes creaba un eco de palacio sumergido. Mathilde estaba temblando de frío, pero en aquel lugar sería imposible secar sus ropas. Hasta que acabase el toque de queda no podrían salir a la superficie.

Los sentidos de Paul se aguzaron. Le había parecido oír un ruido diferente en el alboroto de las canalizaciones. Su experiencia como cazador le permitía detectar anomalías y le hizo una seña a Mathilde para que no se moviera. Las cañerías emitían un lamento herrumbroso en la oscuridad. ¿Había sido solo una rata?

El techo de la galería era bajo y tuvieron que caminar agachados, esforzándose para no caer en el cenagal.

Las aguas residuales de Marsella desembocaban en una zona en la que, cuando soplaba el mistral, el mar inundaba completamente la playa. Al tratarse de una zona sin habitar, Paul esperaba que no estuviese sometida a la vigilancia alemana.

Los túneles se parecían entre sí y las galerías conformaban una ciudad subterránea llena de vida. Había compuertas que se abrían, canalizaciones que goteaban como clepsidras y roedores que flotaban sobre el líquido viscoso.

Tenían la impresión de que caminaban en círculos, como en un laberinto. El agua cenagosa dificultaba su avance y cada vez experimentaban más dificultad para respirar. Al cabo de un rato la galería empezó a estrecharse. El agua parecía precipitarse al final del corredor, como si hubiera encontrado un desagüe.

—Este sitio es horrible —dijo Mathilde—. Salgamos de aquí cuanto antes.

Paul también quería marcharse, pero los alemanes estaban buscándolos en el exterior y temía echar de menos ese lugar.

—La corriente tiene que llevar a algún sitio —reflexionó Paul en voz alta—. El mar no puede estar lejos.

Regresaron sobre sus pasos, en busca de un pasadizo que condujese hacia la superficie. Desembocaron en una galería en cuyo extremo había un colector de aguas residuales. Paul le dio la mano a Mathilde y descendieron cuidadosamente para no ser absorbidos por la corriente. La cloaca desaguaba en el exterior a través de una cañería.

—¿Crees que podemos salir por ahí? —preguntó ella.

Paul examinó la canalización. Tenía dos metros de largo y una braza de ancho. Si no conseguían atravesarla, corrían el riesgo de ahogarse en el agua cenagosa.

—Voy a intentarlo —dijo él—. Si cruzo las piernas, querrá decir que me falta aire. En ese caso, tira de mis pies hacia ti con todas tus fuerzas.

Paul llenó sus pulmones de aire e introdujo la cabeza en la tubería. Aunque esta era estrecha, consiguió avanzar lentamente. El flujo de agua, muy caudaloso, le impedía respirar.

Avanzó trabajosamente, sin preocuparse de las rozaduras en sus hombros y rodillas, hasta que llegó a la mitad de la cañería. Sus pulmones empezaban a arder por falta de oxígeno, pero era demasiado tarde para dar la vuelta.

Luchando contra la asfixia, extendió su mano derecha al otro lado de la cañería e hizo palanca para arrastrarse hacia el exterior. Con los pulmones a punto de estallar, distinguió el cielo borroso a través de una cortina de agua.

Se impulsó con las manos y los pies, de forma desesperada, hasta que consiguió sacar la cabeza. Inspiró varias bocanadas de aire, con el agua resbalando por su cara, hasta que recuperó el resuello. Después se movió lentamente y sacó los hombros de la cañería. Empujándose con los brazos, consiguió salir del colector.

Un mar azul brillaba bajo la luz del amanecer. Paul inspeccionó la playa aparentemente desierta. Protegida por un pequeño acantilado, la cala formaba una ensenada que abría sus brazos hacia el mar.

A continuación ayudó a Mathilde a atravesar la cañería. Una vez fuera, ella caminó en silencio hacia la orilla y, sin desvestirse, se adentró en el agua.

Paul lanzó una ojeada circular y observó un barco de guerra en el horizonte. Quizá alguien estuviese vigilando la playa, pero, tras su excursión por las cloacas, tenían que desprenderse del olor que impregnaba sus ropas si no querían llamar la atención.

Tal vez se arrepentiría más tarde, pero Paul decidió entrar en el agua. Mathilde nadaba bien y le costó alcanzarla. Cuando llegó a su lado, la mujer volvió a alejarse, braceando como una sirena.

Paul recuperó la conciencia del peligro. Debido a la inminencia de un desembarco aliado, los alemanes habrían minado buena parte de la costa. Bañarse en el mar en esos momentos era una temeridad.

Nadó hacia la playa y le pidió a Mathilde que hiciese lo mismo. Se sentaron detrás de una roca, para dejar que el aire secara sus ropas. Paul recogió del suelo la fotografía, que había depositado sobre la arena antes de entrar en el agua, y se la devolvió a Mathilde.

—¿Es tu hija?

Mathilde no respondió. Al recuperar la fotografía, sus dedos rozaron los de Paul. Mantuvieron sus manos unidas durante unos instantes y Mathilde sintió un estremecimiento. El carácter solitario de Paul le inspiraba ternura, todo lo contrario que Henri. Aun así, resultaba peligroso desvelar detalles de su vida.

Paul recordó la mirada que el miliciano había dirigido a Mathilde en la azotea, como si fuese un objeto de su propiedad.

—¿Conoces al hombre que acompañaba a los soldados alemanes? —le preguntó a Mathilde, para ponerla a prueba.

—Su nombre es Henri. En los últimos días he trabajado para él, recolectando pagos de comerciantes.

Mathilde parecía frágil y quebradiza, como si cargara con una herida profunda; pero ¿quién no lo hacía en esos tiempos? Paul dudaba de que estuviese al corriente de la emboscada, principalmente porque la intervención de los alemanes la había puesto también en peligro. ¿Se encontraba Clement detrás? No podía excluirlo. Ni tampoco que la mujer supiese más de lo que aparentaba.

Mathilde observó el mar y pensó en Saint Brieuc. Unos días atrás había recibido una carta de la madre del pescador, en la que le decía que nadie había visto a Marie en los pueblos de los alrededores. ¿Podría Paul ayudarle a buscar a su hija? Este le inspiraba confianza; tal vez porque necesitaba creer que, en medio de esa guerra absurda, todavía era posible confiar en alguien.

61

Aviñón

El mayor Hambrecht, la máxima autoridad alemana en el departamento de Vaucluse, observó el monte Ventoux en la lejanía. Acababa de recibir la noticia de que el mariscal Rommel se debatía entre la vida y la muerte, tras sufrir una fractura de cráneo después de que su automóvil fuese ametrallado por un avión inglés en Normandía.

El mariscal había comandado las defensas de la costa atlántica francesa pero, con cientos de kilómetros que proteger, no había podido obrar un milagro. Las minas, las trampas anti-tanque y los obstáculos no habían conseguido evitar el desembarco angloamericano. La decisión posterior del *Führer,* que rechazó la propuesta del mariscal Rommel de enviar los tanques inmediatamente a las playas, permitió a los aliados establecer una cabeza de puente y desembarcar sus tropas en Normandía. Era cuestión de tiempo que Francia cayera bajo su control; y que los aliados avanzasen hacia Alemania. La guerra estaba perdida desde hacía tiempo.

Hambrecht detestaba su labor en Vaucluse. Allí la guerra no se libraba con tanques y decisiones estratégicas, sino luchando contra pequeños grupos de la Resistencia, cuyos ataques minaban la moral de sus hombres. La región había sido ocupada por las tropas italianas hasta septiembre de 1943, fecha en la que los alemanes decidieron tomar su control. Desde entonces, el mayor Hambrecht no había podido bajar la guardia ni un instante. En cualquier momento, una columna alemana podía ser atacada; un tren, descarrilado por una bomba de la Resistencia. No estaba orgulloso de su labor en Vaucluse, pero era un soldado y eso suponía obedecer *todas* las órdenes.

Su ayudante llamó a la puerta y Hambrecht le ordenó que entrase. El hombre llevaba el pelo muy corto y sus ademanes eran marciales. Como muchos otros miembros de la Gestapo, había hecho su carrera en los despachos.

—Una vecina de Morly insiste en verlo. Asegura que hay una niña judía en la población y que solo hablará con usted.

—¿No habíamos evacuado a todos los judíos? —replicó Hambrecht con voz cansina.

—Tal vez pueda hablar con ella. Está esperando fuera.

El mayor Hambrecht asintió con un gesto de hastío. Por lo que a él respectaba, el departamento de Vaucluse estaba *limpio* de judíos. Y tenía problemas más graves de los que ocuparse.

Unos instantes después vio entrar en su despacho a una mujer con el pelo teñido de color platino, embutida en un vestido de flores marchitas.

—¿Su nombre?

—*Madame* Renard.

Las manos de la mujer temblaban. Hambrecht conocía bien a ese tipo de personas. En los interrogatorios solían contarlo todo, sin necesidad de preguntarles.

—He oído que dan recompensas por denunciar a los judíos.

—A veces permitimos también que el informador siga vivo.

Hambrecht escuchó el ruido que hizo la mujer al tragar saliva.

—La niña vive escondida en casa de su maestra. La Gestapo olvidó llevársela.

—¿Dirección?

—Morly... Vive en el número 9 de la Rue du Four... La maestra se llama *madame* Rosier; la niña,

Marie Dehaene. Sus padres huyeron de Morly hace unos meses.

Hambrecht miró a la mujer con intensidad.

—¿Cómo se llaman los padres de la niña?

—Erik y Mathilde Dehaene.

Dieter Hambrecht se levantó de la silla con brusquedad. La última vez que había visto a Mathilde, en su pensión en París, estaba a punto de dar a luz. Los nombres coincidían, igual que las fechas.

—Si la información es falsa, me encargaré personalmente de que reciba un escarmiento.

Madame Renard tembló bajo su vestido acartonado.

—Le juro que es cierto. —El mayor Hambrecht le hizo un gesto con la mano para que se marchara—. ¿Y mi recompensa? Me conformaría con que cambiasen mi cartilla de racionamiento a la letra T.

Dieter Hambrecht sacó de su cartera un billete de cien francos. Con esa cantidad podía comprarse una docena de huevos en el mercado negro; o la vida de una niña judía.

Cuando la mujer salió de su despacho, Dieter caminó hacia la ventana y observó los tejados de Aviñón, navíos dorados por la luz del sol. Recordó la cabaña en Ucrania y el repiqueteo de la lluvia sobre el tejado de zinc. Desde esa época sufría frecuentes pesadillas, en las que se veía rodeado de cadáveres con un agujero en la

nuca; los soldados lo cubrían de tierra hasta que acababa por asfixiarse.

Su ayudante entró de nuevo en el despacho, pero
el mayor Hambrecht no se volvió para mirarlo.

—¿Qué quiere que hagamos con la niña judía?

62

Aix-en-Provence

Paul Chevalier observó la puerta del prostíbulo La Linterna Roja. El establecimiento había sido un hotel antes de la guerra y los cercos de su nombre eran aún visibles en la fachada.

Tras el encuentro con Henri en Marsella y la posible traición de Clement, Paul no podía fiarse de nadie. Desaparecería durante un tiempo, en espera de que los aliados liberasen Francia. El problema era que Clement podía facilitar a la Milice los nombres de muchos resistentes. Paul tenía que prevenirlos del peligro y para ello precisaba recuperar una agenda que había escondido en el desván del prostíbulo, su último escondite en caso de necesidad.

Le hizo una seña a Mathilde para que lo esperara en la acera y entró en el local. Varias muchachas de mirada mustia se volvieron para observarlo. En una de las mesas, un hombre acariciaba la cintura de una joven muy maquillada. En otra mesa, una mujer compartía una botella de coñac con un hombre completamente borracho.

Paul se acercó al mostrador, detrás del cual se encontraba la dueña del prostíbulo. La mujer, que ayudaba ocasionalmente a la Resistencia, tenía las uñas pintadas de rosa y leía *El conde de Montecristo*. Se lamió ceremoniosamente el índice de la mano derecha y pasó una página, sin decir nada. Paul sacó de su bolsillo cinco cigarrillos y los depositó sobre la barra. Sin apartar la vista del libro, la mujer los guardó en el escote de su blusa.

A continuación Paul se dirigió al desván. Nunca había estado en el prostíbulo como cliente, pero conocía perfectamente la distribución de los cuartos, por si tenía que salir huyendo.

Mientras subía por la escalera angosta percibió el olor a ceniza amarga. Antes de que pudiese darse cuenta de lo que ocurría, alguien le propinó un fuerte golpe en la cabeza.

Cuando recuperó la conciencia, se encontraba en el maletero de un coche. Hacía calor y olía fuertemente a aceite. Intentó cambiar su brazo de apoyo, pero la falta de espacio le impedía moverse. Las rendijas de la carrocería dejaban pasar una tenue corriente de aire; un solitario rayo de sol se filtraba a través de un agujero de bala en la chapa.

El vehículo se detuvo poco después. Cuando el maletero se abrió, Paul escuchó el canto de las cigarras y sintió una brisa en el rostro. Varios hombres, vestidos con uniformes desiguales, apuntaban sus fusiles hacia él.

63

Los resistentes hicieron fila para subir al camión. El viejo Renault AGC había sido requisado en 1940 por los alemanes, que lo utilizaron para el transporte de material militar hasta que cayó en poder del maquis de Saint-Sauveur.

Cumpliendo con un ritual que precedía a todas las acciones del grupo, los hombres entonaron a coro *La Marsellesa.* A continuación dos hombres, armados con metralletas, se instalaron en las aletas delanteras del camión. Henri lo hizo en los bancos traseros, junto a Clement y el resto de partisanos. Mathilde se había quedado en el campamento, al igual que Paul. Este último, detenido por orden de Clement, se hallaba bajo la vigilancia de un resistente, en espera de ser ejecutado por colaborar supuestamente con los alemanes.

Mal entrenados y peor armados, el rol de los partisanos era principalmente psicológico. Su objetivo era crear un clima de inseguridad que dificultase los movimientos de los alemanes y disuadiera a potenciales colaboracionistas de ayudar al agresor. El maquis de Saint Sauveur, como muchos otros de Francia, estaba integrado por jóvenes que habían escapado del Servicio de Trabajo Obligatorio, destinado a abastecer las industrias alemanas de mano de obra. Vichy había favorecido esa forma de colaboración, bajo el pretexto de permitir el regreso de prisioneros de guerra. La falta de voluntarios había llevado al Gobierno de Vichy a establecer la obligatoriedad del Servicio de Trabajo, un hecho que impulsó a muchos jóvenes franceses a unirse a la Resistencia.

El camión avanzó con rapidez por la carretera polvorienta, dejando atrás colinas y cañadas. Los campos se extendían hasta donde alcanzaba la vista, perfilando en el horizonte las cumbres escarpadas del Luberón.

Los partisanos llegaron a su destino a la hora prevista. La localidad estaba en calma y tomaron posiciones en la oficina de correos y la estación de ferrocarril. Para evitar el acceso de vehículos blindados, dos resistentes se situaron con un mortero en la carretera que discurría paralela a la vía férrea. Sus compañeros se mantuvieron al acecho, ocultos en un terraplén junto a la vía.

El reloj de la iglesia marcó, con sus cinco campanadas, el inicio de una tensa espera. El tren llegó con unos minutos de retraso, flanqueado por una cortina de humo cobrizo. El cabecilla del maquis observó que uno de los vagones, acorazado, disponía de una torreta coronada por una ametralladora, y dio instrucciones para que el asalto se realizase sin utilizar explosivos para no dañar la carga.

El cabecilla ordenó a sus hombres que esperasen. Cuando el convoy se detuvo junto al andén, el jefe del grupo le quitó el seguro a una granada y abandonó su escondite para lanzarla.

El vigía situado en el vagón blindado lo abatió con una ráfaga de ametralladora, antes de que la granada destruyese la torreta en la que se encontraba. Al ver caer a su cabecilla, los partisanos abrieron fuego. Varios soldados alemanes respondieron desde las ventanas del tren, pero sus armas eran de pequeño calibre y fueron abatidos con rapidez.

Cuando se agotó el último cargador, la estación quedó en completo silencio. Henri subió al tren, acompañado por Clement y varios partisanos. Avanzó hasta el último vagón, pasando por encima de varios cadáveres. La puerta era blindada y tuvieron que utilizar una pequeña carga de dinamita para forzarla.

Henri fue uno de los primeros en entrar en el vagón y ver las sacas con el dinero del Banco de Francia.

64

La lluvia torrencial obligó a los partisanos a descender del camión y portar los sacos a hombros hasta el campamento, con las botas hundidas en el barro.

Concluido el transporte, ocultaron el camión en la floresta y lo camuflaron con ramas. Las torrenteras que bajaban de la montaña borrarían las huellas de los neumáticos y harían el resto.

La lluvia dejó paso a una niebla espesa. Para no delatar su emplazamiento, la cena se preparó sin fuego. Los partisanos solo encendían hogueras durante el día, y únicamente si la madera estaba seca y no producía humo al arder. Debido a la falta de aprovisionamientos llevaban varios días alimentándose con patatas: cocidas en el desayuno, en puré durante el almuerzo y en sopa para la cena.

A pesar de la prima de mil francos por cabeza recibida por el asalto al tren, la muerte de varios partisanos había oscurecido el ánimo de los supervivientes. Antes de irse a dormir, un hombre entonó con voz queda una canción que hablaba de libertad y coraje, del mundo que estaban ayudando a crear y que algún día disfrutarían sus hijos.

Henri se alejó del grupo para fumar un cigarrillo. Su misión en ese lugar había terminado y regresaría a la mañana siguiente a Aix-en-Provence.

Caminó hasta la cueva donde estaba detenido Paul y se sentó a su lado. Le retiró la mordaza, pero no las cuerdas que inmovilizaban sus muñecas y tobillos. Paul tenía hambre y, sobre todo, sed. El vaso de sopa que había recibido para cenar le había sabido a poco.

—¿Qué va a pasar conmigo?

Henri dibujó un círculo en el suelo con el tacón de su bota.

—Serás fusilado al amanecer —respondió, con indiferencia.

Paul observó el rostro de Henri, iluminado por la brasa del cigarrillo.

—¿Qué ocurrió realmente con tu hermana? —le preguntó al miliciano—. ¿La mataste?

Henri recordó lo sucedido aquella noche, varios años atrás. La visión de Paul y Sophie realizando el acto sexual a orillas del río le había provocado un estallido de rabia. Había vuelto a su casa y esperado a Sophie. Cuando ella entró en el establo le había disparado con su escopeta. Que la tía Charlotte hubiese matado posteriormente a su padre, incriminándolo así en el asesinato de Sophie, había representado una afortunada coincidencia para Henri.

—Tenías que haber visto la mirada de pánico de Sophie. Estuve tentado de no disparar para disfrutar de ese momento.

Paul luchó por librarse de sus ataduras, pero no fue capaz. Giró la vista hacia el grupo de resistentes y distinguió a Mathilde entre ellos.

—¿Qué va a pasar con Mathilde?

Henri recordó cómo se había arriesgado Paul en Marsella, poniendo su vida en peligro para ayudar a la mujer.

—Déjala marchar. Ya me tienes a mí.

Henri lo miró con indiferencia.

—¿Sabías que está buscando a su hija? Lo más gracioso es que la niña está con los Saint Matthieu, unos vecinos suyos en Morly. A pocos kilómetros de este lugar.

Las palabras de Henri se vieron bruscamente interrumpidas por el ruido de una ametralladora, que abatió a los resistentes que se habían reunido a fumar después de la cena. A continuación se oyeron varios disparos aislados y el campamento quedó en completo silencio. Unos segundos después, varios soldados alemanes abandonaron la floresta y rodearon a los escasos supervivientes.

Henri apagó su cigarrillo e introdujo la colilla dentro de su bota. Se arrastró hasta el fondo de la cueva y levantó una trampilla disimulada en el suelo. Antes de entrar en la cavidad miró a Paul. Si lo dejaba allí, delataría su emplazamiento. Decidió regresar sobre sus pasos y lo empujó hacia la trampilla.

Paul cayó violentamente en el suelo de tierra, dos metros más abajo. Cuando Henri cerró la trampilla, el lugar quedó a oscuras. Las paredes tenían una fosforescencia que permitía visualizar algunas formas y Paul distinguió varios sacos apilados al fondo de la cueva.

Henri cogió una metralleta y apuntó hacia el techo. Si los alemanes sabían que el maquis había llevado a cabo el asalto al tren, buscarían el dinero por todas partes. No tardarían en torturar a los supervivientes y alguno de ellos confesaría lo sucedido.

El miliciano extrajo un pañuelo de su bolsillo y amordazó a Paul, para que no hiciera ruido. Unos instantes después, oyeron un sonido apagado sobre sus cabezas, como si alguien caminase por la cueva. Eran dos hombres, quizá tres. El ruido de sus pisadas se apagó al poco tiempo.

Henri permaneció inmóvil, con la metralleta apuntando al techo, mientras escuchaba el compás de una gotera. ¿Conocían los alemanes su escondite y estaban esperando a que saliesen por su propio pie?

Al cabo de unos minutos decidió no esperar más. Si los alemanes torturaban a los supervivientes, averiguarían dónde encontrar los cien millones de francos del Banco de Francia.

Henri ignoró los gestos de Paul, que le pedía que le sacara la mordaza, y ascendió los peldaños de hierro incrustados en la roca. Al llegar arriba, abrió la trampilla un par de centímetros.

Aunque no vio nada extraño, no podía excluir que algún soldado estuviese escondido en la oscuridad. Levantó un poco más la trampilla y pudo ver la explanada llena de cadáveres, bajo el cielo limpio de nubes.

Cerró la trampilla con un movimiento rápido y se pegó a la roca. Los alemanes parecían haberse retirado, pero había tenido suficiente trato con ellos para no fiarse. Tal vez habían minado el campamento, por si los partisanos volvían a utilizarlo.

Uno de los resistentes había sobrevivido y emitía un lamento ocasional. Sin prestarle atención, Henri intentó distinguir señales de tierra revuelta, pero fue un brillo extraño lo que lo puso sobre aviso. Provenía de un arbusto y no era un reflejo de la luna. Los alemanes habían dejado a un francotirador apostado en la maleza, por si otros resistentes se presentaban allí en las horas siguientes.

Desde esa distancia podría abatir al francotirador con facilidad. El problema era que delataría su posición y, si el hombre no estaba solo, se convertiría en un blanco fácil.

Se arrastró hacia la trampilla y bajó los peldaños sin hacer ruido. Cortó las cuerdas que inmovilizaban los tobillos de Paul, pero dejó sus muñecas atadas. Subió por la escalera de hierro y le hizo una señal a Paul para que lo siguiese. Una vez arriba, liberó sus muñecas, le indicó la posición del francotirador y le tendió un cuchillo.

—Tienes que eliminarlo sin hacer ruido —susurró—. Si lo consigues, te dejaré libre.

Henri sostenía una ametralladora y Paul concluyó que no sería inteligente oponerse. Además, aquel era el tipo de maniobra para el que había sido entrenado en Inverailort.

Se arrastró hasta la entrada de la cueva y permaneció inmóvil unos instantes. Afortunadamente, la luna apenas iluminaba el campamento. Antes de moverse, Paul verificó la dirección del viento. Si se acercaba por el lado equivocado, el más pequeño ruido podría delatarlo. Tendría que dar una larga vuelta para sorprender al hombre por la espalda.

Paul se deslizó con el cuerpo muy pegado al suelo. Resbaló sobre la hierba mojada, pero consiguió recuperar el equilibrio a tiempo. Avanzó lentamente, como si caminase sobre un terreno minado, hasta que se halló a pocos metros del soldado.

El hombre vestía el uniforme de las Waffen-SS, las unidades de élite dentro de las SS, y apuntaba con su metralleta hacia el camino de acceso al campamento, como si aguardase la aparición de una columna de resistentes.

Paul se acercó por su espalda, con movimientos pausados. Se encontraba a cinco metros de distancia y el más mínimo error podía costarle la vida. Continuó avanzando hasta que casi pudo sentir la respiración del soldado. Dio un paso más y le clavó el cuchillo en el cuello, mientras tapaba su boca con la otra mano. El hombre emitió un estertor mientras se desangraba.

Paul se tumbó en el suelo y esperó. Si hubiera habido otros francotiradores, estaría ya muerto. Henri debía de haber llegado a la misma conclusión porque, sin preocuparse de que alguien lo escuchara, le ordenó en voz alta que caminase hacia él con las manos en alto.

Paul se fijó en la ametralladora del soldado alemán, pero no le daría tiempo a empuñarla. Henri lo apuntaba desde una posición elevada y gozaba de una importante ventaja.

Dejó caer el cuchillo en el suelo y, obedeciendo a Henri, caminó hacia la cueva. Examinó el lugar donde había visto a Mathilde, antes de que apareciesen los alemanes, pero su cuerpo no estaba por ningún lado. Tal vez había conseguido huir; quizá estaba siendo interrogada por los alemanes en ese mismo momento.

El resistente herido emitió un gemido. Henri se acercó a él y vio que se trataba de Clement. Había recibido un disparo en el muslo y, aunque había perdido bastante sangre, su estado no parecía crítico. Henri miró al hombre que más se había parecido a un amigo en su vida. Clement aproximó la mano a una pistola que llevaba oculta en el tobillo, pero Henri descargó sobre él una ráfaga de ametralladora. El cuerpo del resistente se agitó durante unos breves instantes y quedó después inmóvil. Henri había previsto deshacerse de Clement tras el asalto al tren, para evitar compartir el botín, pero el inesperado ataque alemán le había proporcionado una ocasión inmejorable para hacerlo.

—Carga en el camión los sacos que están en la cueva —ordenó a Paul—. Y date prisa.

Paul echó un vistazo al cadáver de Clement y obedeció. Ignoraba qué había en los sacos, pero intuía que los alemanes regresarían para recuperar su contenido. Saltó al interior de la cueva y levantó uno de los sacos: pesaba al menos veinte kilos.

La parte más dura fue subir los peldaños con los sacos al hombro. Poco a poco consiguió alinearlos en la cueva, bajo la mirada atenta de Henri, que había reemplazado su metralleta por una pistola del arsenal del maquis.

Cuando todos los sacos estuvieron en la cueva, Henri le ordenó que le acompañase para buscar el camión. Avanzaron entre los árboles sin hacer ruido, bajo un cielo inundado de estrellas.

Henri retiró las ramas que ocultaban el camión y le ordenó a Paul que se sentara al volante. El viejo Renault tardó en arrancar. Cuando lo hizo, enfilaron el camino con las luces apagadas.

El vehículo recorrió con dificultad la distancia que los separaba de la entrada del campamento. Al llegar a las inmediaciones de la cueva, Henri le ordenó que cargara los sacos en el camión.

Paul estaba al límite de sus fuerzas, pero consiguió llevar a cabo la tarea. A continuación Henri le mandó que se sentara al volante. Paul introdujo una marcha y pisó el acelerador, bajo la mirada atenta del miliciano.

Avanzaron por un camino que serpenteaba alrededor de la montaña. El camión dio un salto al pisar un bache y Paul aprovechó esa circunstancia para empujar a Henri y expulsarlo a puntapiés del vehículo. El camión dio un bandazo, pero Paul consiguió enderezar el volante cuando estaban a punto de chocar contra un árbol. El miliciano se levantó del suelo y, con la pistola en la mano, corrió detrás del camión. Uno de sus disparos impactó en el espejo retrovisor, pero no consiguió alcanzar ninguna de las ruedas, como había sido su intención.

Paul pisó a fondo el acelerador. Mientras se alejaba de allí, juró que no descansaría hasta matar a Henri Vancelle. Aunque fuera lo último que hiciese.

65

Morly

El gramófono desgranó con lentitud un aria de *Lucia di Lammermoor*. *Madame* Rosier había comprado ese aparato, un modelo de la Compagnie Française du Gramophone, poco después de la muerte de su marido. La polilla se había infiltrado entre las conchas dibujadas en su ebanistería, pero nunca había sufrido una avería. Los discos, sin embargo, se habían rayado de tanto escucharlos y *madame* Rosier tenía que hacer avanzar frecuentemente la aguja.

La música sonaba distorsionada, como si los intérpretes tocasen desde detrás de un biombo. *Lucia di Lammermoor* era su ópera favorita; la única que *madame* Rosier había visto representada en un escenario.

Había sido en el Teatro Garnier de París, en vida de su marido. Aunque habían transcurrido muchos años, recordaba cada minuto de la velada, antes y después de la representación. Hacía una noche cálida y las mujeres llevaban vestidos ampulosos y joyas que brillaban más que las lámparas del teatro. Para una joven de provincias como ella, aquel espectáculo había sido una revelación. Y la música, ¡qué música! Cada vez que escuchaba *Lucia di Lammermoor* regresaba al Teatro Garnier y volvía a tener veinte años.

Madame Rosier observó a Marie, que dormía plácidamente en la habitación contigua, y se asomó a la ventana para respirar un poco de aire fresco. Hacía una noche espléndida y las estrellas brillaban con guiños sonoros. El mundo parecía en orden.

Unas horas antes, sin embargo, *madame* Rosier había estado a punto de sufrir un infarto al descubrir a Renée en su casa. No le quedaba más remedio que confiar en su silencio. No tenía ningún sitio donde esconderse hasta que acabara la guerra; y menos en compañía de una niña judía.

No podía culpar a Marie de lo sucedido. Esta llevaba semanas encerrada en casa, sin poder jugar con otros niños. Había perdido a sus padres y después a los Saint Matthieu. No era de extrañar que le hubiese abierto la puerta a Renée.

La maestra sintió un escalofrío. Morly era un pueblo pequeño y no podría ocultar de forma indefinida que Marie vivía con ella. La BBC, que escuchaba a hurtadillas algunas noches, aseguraba que la ocupación se acercaba a su fin. ¿Sería cierto?

Madame Rosier había recuperado la costumbre de rezar por las noches. Lo hacía por sus alumnos, por el general De Gaulle y, sobre todo, por Marie. Desde que la niña vivía con ella, guardaba escondida entre su lencería la vieja pistola que su marido había utilizado como arma de servicio durante la guerra de 1914.

Marie llevaba solo unas semanas con ella, pero había llenado su vida de tal forma que tenía miedo de que sus padres volvieran a buscarla. A veces se sorprendía a sí misma deseando que no regresaran nunca, para que la niña pudiese quedarse definitivamente con ella.

Su marido no había querido tener hijos, una exigencia que *madame* Rosier lamentaba haber aceptado. Su esposo tenía veinte años más que ella y había tomado todas las decisiones en el matrimonio. Cuando obtuvo su plaza de maestra, sus alumnos se convirtieron en los hijos que no había podido tener.

Sintió un orgullo casi maternal al pensar en las oportunidades de las que dispondría Marie al acabar la guerra, en un mundo en el que ser judío no obligaría a nadie a portar una estrella amarilla ni a ser enviado a un campo de concentración.

Lo que más conmovía a *madame* Rosier era la sed de cariño de Marie. Protegerla era una forma de preservar su esperanza en el futuro, de ignorar las atrocidades de la guerra. En sus cinco años de vida, Marie había tenido vivencias que ningún niño hubiera debido experimentar: la separación de su familia, la soledad, el miedo. La pequeña estaba ansiosa de dar y recibir afecto, y *madame* Rosier sintió miedo de lo mucho que empezaba a quererla. ¿Cómo reharía su vida cuando sus padres volviesen a buscarla?

A pesar de lo sucedido, Marie había conservado intacta su inocencia. *Madame* Rosier tenía la impresión de que, desde la desaparición de sus padres, la niña se había encerrado en una burbuja para protegerse de tantas adversidades.

Caminó hacia la habitación de Marie. La niña dormía de costado, con su muñeca abrazada al pecho. La maestra recordó con emoción el momento en el que había descubierto su regalo. Había tardado varias noches en coser el vestido para la muñeca, utilizando retales y viejos trozos de tela, pero había merecido la pena.

Dejó la muñeca sobre la mesilla, tapó a Marie con la sábana y apartó los cabellos que caían sobre su frente. Viendo dormir a Marie habría sido fácil creer que la guerra había terminado, pero unos golpes en la puerta, acompañados de gritos en alemán, le hicieron ver que no era así.

La guerra de *madame* Rosier no había hecho más que comenzar.

66

Mathilde acarició el mendrugo de pan que había reservado para la madrugada, cuando el hambre se volvía tan acuciante que resultaba imposible dormir.

Tras ser detenida en el campamento del maquis de Saint-Sauveur, había sido interrogada por la Gestapo. Cuando estos concluyeron que no poseía ninguna información relevante, la encerraron en la prisión de Mauriac, a la espera de ser enviada a un campo de concentración.

Aunque solamente llevaba unos días en la cárcel, Mathilde se había acostumbrado con rapidez a su rutina, como una mula que girase alrededor de una noria: los paseos por el patio, la suciedad, los recuerdos, el hambre.

Al regresar a su celda, después de una dura jornada de trabajo en la lavandería de la prisión, vio que una nueva mujer ocupaba el camastro contiguo al suyo. Su anterior compañera de celda había muerto de disentería y aquella mujer no parecía gozar de mejor salud. Tenía fiebre y tiritaba convulsivamente. Sus ojos parecían haber perdido todo su brillo.

—¿Cómo te llamas?

La mujer fue incapaz de responder. Estaba muy delgada y su rostro parecía de cera.

Mathilde introdujo la mano en el bolsillo y acarició el trozo de pan que había reservado para la noche. Pensó que el verdadero objetivo del régimen de terror que los nazis habían implantado primero en Alemania y después en el resto de Europa no era acallar las ansias de resistir de sus oponentes, sino borrar su humanidad y reducirlos a un estado animal.

Mathilde ayudó a su vecina a incorporarse. Partió el pan en pequeños pedazos y los introdujo lentamente en la boca de la mujer. En medio de la barbarie, eran los pequeños gestos de humanidad los que marcaban la diferencia. Aquella era la única batalla que Mathilde todavía podía luchar. Y no estaba dispuesta a concederle a los nazis la victoria.

A la mañana siguiente, dos soldados uniformados aparecieron frente a la puerta de su celda y ordenaron a Mathilde que los acompañara. Atravesando pasillos y corredores, fue escoltada hasta el patio de la prisión. Unos reclusos que trabajaban en la construcción de un muro se volvieron para mirarla. Caminaba muy erguida, como una reina que los hombres protegiesen con sus fusiles.

Los soldados la condujeron hasta una tapia coronada por una alambrada de espino, salpicada de muescas de bala. Durante lo que creyó serían sus últimos instantes de vida, Mathilde observó el bloque en el que estaban confinadas las reclusas extranjeras, en espera de su traslado a Alemania.

Para su sorpresa, uno de los soldados abrió el portón y le dijo que se marchara. Ella obedeció, perpleja, y se alejó con rapidez por la acera. Estaba tan sorprendida que no reparó en que un automóvil, conducido por Henri Vancelle, se ponía en marcha y la seguía sigilosamente.

67

Morly

Los golpes eran tan violentos que *madame* Rosier temió que la puerta se viniese abajo. *¿Las había delatado Renée?*

En previsión de lo que estaba ocurriendo, la maestra había preparado un escondite para Marie en el fondo de un armario empotrado. Despertó a la niña y le pidió que no hiciese ruido. Aunque estaba todavía medio dormida, Marie obedeció y entró en el armario, como le habían enseñado a hacer.

La mujer cerró la puerta y se dirigió al salón. Dos hombres irrumpieron en el apartamento con un estruendo de madera rota. Uno de ellos llevaba un abrigo de cuero negro; el otro, una gabardina de color beis.

—¿Dónde está la niña judía? —preguntó uno de los hombres.

Madame Rosier respondió que vivía sola y recibió una bofetada que la hizo caer al suelo. Sin prestarle atención, los hombres se dirigieron hacia la habitación donde estaba Marie. Uno de ellos regresó con un vestido infantil, que tiró a los pies de la mujer.

Las voces del otro hombre, desde el dormitorio, evitaron que *madame* Rosier recibiese una bofetada aún más brutal que la anterior. Temblando de miedo, siguió a los alemanes hasta el cuarto. Estaban arrodillados junto al armario y uno de ellos arañaba con las uñas cerca del lugar donde estaba escondida Marie.

Madame Rosier se dirigió a su habitación. Sacó de la cómoda la pistola de su marido y regresó al cuarto de Marie. Era la primera vez que empuñaba un arma, pero el pulso no le tembló al disparar.

68

Madame Rosier pasó por encima de los dos cadáveres, abrió la puerta del armario y abrazó a Marie con todas sus fuerzas.

Su corazón latía de forma acelerada, pero no sentía ningún remordimiento por lo que acababa de hacer. De ser preciso, volvería a apretar el gatillo para proteger a Marie.

Algún vecino tenía que haber escuchado los disparos en medio de la noche y la Gestapo pronto se daría cuenta de que sus hombres tardaban en regresar. Era cuestión de tiempo que enviasen refuerzos.

Tenían que esconderse hasta que acabara la guerra, pero madame Rosier no tenía edad para dormir en un bosque, y Marie todavía menos. Necesitaba acudir a alguien de confianza, pero su familia no residía en los alrededores y el hijo de su hermana había sido detenido unos meses atrás por colaborar con la Resistencia. Con el toque de queda en vigor, no llegarían muy lejos.

La maestra pensó en *madame* Renard. Era la única persona que sabía que Marie vivía con ella. ¿Aceptaría esconderlas durante un par de días, hasta que encontrasen un lugar al que ir?

Tapó los ojos de la niña para que no viese los cadáveres y la llevó en brazos hasta el sofá del salón. Desde él podía observarse el boquete que los hombres habían abierto en la puerta.

Regresó a la habitación, cubrió los cuerpos con una sábana y metió en su bolso varias prendas de ropa, dos manzanas y un tubo casi vacío de leche condensada. Vistió a Marie con prisa y guardó en su cartera todo el dinero que poseía.

—Tenemos que salir —le dijo a la niña—, pero no podemos hacer ruido para que no nos oigan los vecinos.

—¿Vamos a buscar a mis padres?

Madame Rosier acarició el pelo de Marie y le dio la mano para bajar las escaleras. En el patio había un automóvil de color negro. Tras comprobar que estaba vacío, enfilaron la acera en dirección al apartamento de *madame* Renard. La maestra no estaba segura de cómo reaccionaría la mujer al verlas aparecer en medio de la noche. Si es que no eran detenidas antes por contravenir el toque de queda.

Madame Rosier escuchó el ruido de un automóvil y se ocultó con la niña en un portal. El vehículo se detuvo sobre la acera y varios hombres entraron en el inmueble donde vivía la maestra. Se habían salvado por unos minutos.

—No quiero vivir con *madame* Renard —protestó Marie cuando alcanzaron el portal de su casa.

Madame Rosier estaba demasiado nerviosa para razonar con la niña. La agarró del brazo y subió con ella las escaleras. Cuando se disponía a llamar al timbre, vio que la puerta de los Saint Matthieu se hallaba abierta. Tal vez sería mejor no importunar a los Renard a esas horas de la madrugada.

Entró con Marie en el apartamento de los Saint Matthieu. Avanzaron en la oscuridad, tanteando las paredes, y *madame* Rosier reprimió un grito al distinguir unos ojos en la oscuridad. Paralizada por el miedo, vio que Marie se soltaba de su mano y corría a abrazar a *Minette,* el gato de los Saint Matthieu, que se había escapado la semana anterior para volver a casa de sus dueños.

La maestra se alegró del alborozo de la niña, pero no se hacía ilusiones sobre su situación. Había matado a dos agentes de la Gestapo y cuando los alemanes la encontrasen no tendrían clemencia con ella.

Ni siquiera disponían de provisiones para esconderse unos días. Las manzanas y la leche condensada les permitirían sobrevivir unas horas. ¿Aceptaría *madame* Renard quedarse con la niña mientras ella intentaba ponerse a salvo?

Marie se quedó dormida, abrazada a *Minette*. La maestra se sentó a su lado y apoyó la cabeza en la pared. Permaneció así largo rato, con los ojos cerrados y la mente en ebullición.

Unos gritos resonaron en la escalera. *Madame* Rosier se incorporó, aterrada, preguntándose cómo habían hecho los alemanes para encontrarlas tan pronto. ¿Las habría delatado algún vecino?

Escuchó un ruido de pasos y buscó en el bolso la pistola de su marido, pero estaba tan nerviosa que fue incapaz de empuñarla. Los pasos se acercaron por la escalera.

Marie continuaba dormida, a pesar del ruido. *Madame* Rosier rezó una oración sin despegar los labios y se vio recompensada cuando los alemanes llamaron a la puerta de enfrente. La maestra oyó que uno de los hombres recriminaba a *Madame* Renard que la niña judía no se encontraba en casa de su maestra. A pesar de las protestas de la mujer, los soldados obligaron al matrimonio a acompañarlos, sin permitirles cambiarse antes de ropa.

La detención de la niña judía iba a terminar de forma muy distinta a lo que *madame* Renard había esperado.

69

Mathilde fue incapaz de recordar el título de la melodía de Django Reinhardt que sonaba en el café. Expulsó el humo del cigarrillo y pensó en su marido, enterrado en una tumba sin nombre en Saint Brieuc. Recordó su visita con Erik a Lübben, un lugar al que nunca regresaría. Su marido había sido capaz de transmitirle seguridad, de hacer aflorar lo mejor que había en ella. Ambos habrían merecido una vida mejor.

Observó a Paul furtivamente. Su estado de alerta indicaba claramente que desconfiaba de ella. ¿Por qué la había convocado a esa cita y qué era eso tan importante que tenía que contarle? Intuía que sentía algo por ella; en otras circunstancias, en otra vida, quizá Mathilde también habría podido quererlo.

Pensó en Marie, a quien le encantaba esconderse bajo las sábanas y fingir que estaba en un túnel. El recuerdo de la niña le provocó un dolor tan intenso que se obligó a pensar en otra cosa. Lamentándose no conseguiría nada. Lo único que podía hacer era esperar a que acabase la guerra. Solo entonces podría dedicarse a buscarla.

Un hombre entró en el café, y poco después lo hizo Henri Vancelle. Mathilde oyó varios disparos y el tiempo quedó suspendido durante unos instantes. A continuación vio la cara borrosa de Paul.

Sacó del bolsillo la fotografía de su hija y se oyó decir a sí misma: «Dile a Marie que la quiero». El rostro de Paul se difuminó progresivamente y Mathilde atisbó, en medio de una luz azulada, la silueta de su columpio infantil.

70

El ayudante de Dieter Hambrecht observó a la mujer con el pelo teñido de un rubio estridente. Su apellido era Renard, pero no había demostrado la inteligencia de un zorro en su forma de proceder. Su denuncia de la niña judía había provocado la muerte de dos miembros de la Gestapo. Alguien iba a tener que pagar por ello.

—¿Advirtió a la maestra de que irían a buscar a la niña? —preguntó a la mujer.

—No, claro que no.

—Entonces, ¿quién lo hizo?

—No lo sé.

—¿Su marido?

El marido de *madame* Renard tragó saliva con dificultad. Siempre había detestado el carácter entrome-

tido y maledicente de su esposa, pero en esa ocasión se
había excedido.

—Él no fue —respondió la mujer.

—Le he preguntado a su marido.

—No, no fui yo...

El ayudante del mayor Hambrecht miró alternativamente a la pareja. Le gustaba realizar interrogatorios,
extraer confesiones lentamente. Era más entretenido que
redactar misivas para un superior que no valoraba su
dedicación.

—Si me dicen quién avisó a la maestra, les dejaré
volver a Morly.

—Pudo ser el alcalde —improvisó *madame* Renard—. Es comunista. Mi marido y yo estamos completamente a favor de Alemania.

Como si pudiera quedar alguna duda de ello, la
mujer realizó el saludo nazi.

El alemán reflexionó durante unos instantes. El asesinato de dos miembros de la Gestapo no podía quedar
impune, pero ¿cuál debía ser la reacción? No podía hablar
de ello con el mayor Hambrecht. Su respuesta sería titubeante y la debilidad daría alas a los simpatizantes de la
Resistencia. La reacción tenía que ser ejemplar, como en
Oradour-sur-Glane, donde unas semanas antes las SS
habían llevado a cabo una acción de represalia como consecuencia de un atentado de la Resistencia. Las mujeres
y los niños fueron encerrados en la iglesia y las SS deto-

naron una bomba en su interior, antes de rematar a los supervivientes con ráfagas de ametralladora.

No podría solicitar el apoyo de las SS sin la autorización del mayor Hambrecht. Necesitaba otro método para llevar a cabo la acción de represalia, y de repente se le ocurrió la solución: la Brigada Norteafricana. Esta había sido creada por el responsable de la Gestapo en Francia, en colaboración con un nacionalista argelino que soñaba con una Argelia independiente en pago a sus servicios. Los integrantes de la Brigada Norteafricana, principalmente árabes reclutados en el barrio parisino «La Gota de Oro», eran conocidos por su falta de escrúpulos. Su especialidad era el saqueo y el robo: violando, quemando y asesinando a su paso. En las últimas semanas habían llevado a cabo varias acciones de represalia en el departamento vecino.

El ayudante de Dieter Hambrecht levantó el auricular y transmitió las órdenes a un hombre de su confianza, enfatizando que no debía informar a su superior. Ante el hecho consumado, el mayor Hambrecht reconocería que había obrado correctamente.

—¿Y qué hacemos con la pareja que está interrogando? —le preguntó su interlocutor.

El ayudante de Hambrecht esbozó una sonrisa fría. Había prometido a los Renard que volverían a Morly. Y cumpliría su palabra.

71

Paul salió tambaleándose del café, con la cabeza turbia y los dientes apretados a causa del dolor en el brazo. Había dejado una bicicleta apoyada junto a la puerta, en previsión de una posible huida. Cuando se subió a ella, el miliciano Vancelle se asomó desde un portal contiguo y una bala pasó silbando junto a la cabeza de Paul.

La bicicleta tomó velocidad en una pendiente, conduciéndolo hasta una plaza. Paul dejó la bicicleta en la acera, tiró la pistola en una boca de alcantarillado y se perdió entre la multitud.

Las mangas de su chaqueta, ceñidas en las muñecas, ocultaban el reguero de sangre que habría podido delatarlo. Entró en un café y fue al baño para examinar su herida. Afortunadamente, la bala solamente había rozado el brazo.

Abandonó el café y caminó aparentando tranquilidad. Se detuvo varias veces para comprobar que no lo seguían y se dirigió a la estación de ferrocarril. Al final de los andenes había una cabaña de madera donde se almacenaban herramientas y entró en ella. Su interior olía a amoniaco y excrementos, pero representaba un escondite seguro.

Cuando se hizo de noche, salió a inspeccionar los andenes. Caminó, agachado, hasta un convoy de mercancías. Los sabotajes de la Resistencia y los ataques aéreos aliados habían convertido el tren en un medio de transporte muy peligroso. Más por su efecto intimidatorio que por su utilidad práctica, los alemanes habían instalado torretas de fuego antiaéreo en muchos trenes.

Paul escuchó los ladridos de un perro y se escondió en uno de los vagones. Dos soldados se acercaron con pasos enérgicos y, tras inspeccionar los ejes del tren, continuaron su camino.

Era peligroso viajar en un convoy cuyo destino no conocía, pero los soldados representaban un riesgo más inmediato, así que Paul decidió permanecer en el tren.

El vagón estaba lleno de barriles de vino con la inscripción «Wehrmacht» en letras rojas. A juzgar por los restos de paja y el olor animal que reinaba en el vagón, este había servido recientemente para el transporte de ganado.

Cuando el tren se puso en marcha, Paul se agazapó en una esquina del vagón y vio alejarse las luces de la ciudad. Inclinó uno a uno los barriles, pero estaban vacíos. Uno de ellos almacenaba algo de líquido en el fondo y Paul bebió con sus manos a modo de cuenco. El vino era de mala calidad, pero tenía tanta sed que no le importó. La carestía de cobre y sulfatos había convertido las últimas añadas en un desastre.

Con el estómago hinchado, Paul se dejó caer en el suelo. El brazo seguía doliéndole, pero menos que antes. Vertió unas gotas de vino sobre la herida y apretó los dientes para sobrellevar el escozor.

Intentó dormir, pero cada vez que cerraba los ojos recordaba lo sucedido en el café. Sacó del bolsillo la fotografía de la hija de Mathilde. La niña debía de tener cinco años. Según le había indicado Henri durante la conversación en el campamento de los partisanos, se encontraba en casa de los Saint Matthieu, unos vecinos de Mathilde.

La lluvia empezó a caer sobre el techo metálico del vagón y Paul cerró los ojos para escucharla. De niño le gustaba sentarse entre las hileras de lavanda y dejar que la lluvia lo volviese invisible, empapándolo con su olor a tierras lejanas.

Paul había intuido desde el principio que existía un motivo por el que Mathilde había sido puesta en libertad. Henri sabía que era cuestión de tiempo que Paul se pusiera en contacto con ella y solo había tenido que seguirla. Lo que nunca sabría era si Mathilde estaba al corriente de las intenciones del miliciano o había sido su cómplice de forma involuntaria.

Unos días antes, un miembro de la Resistencia en el que Paul confiaba le había informado de que Mathilde estaba en libertad. A través de ese hombre le hizo llegar un mensaje, informándole de que tenía una noticia importante para ella. En ese mensaje, Paul la citaba en el café donde se habían visto por última vez, a la misma hora y día de la semana de su último encuentro.

El recuerdo de Henri le provocó una ira incontrolable. El miliciano había asesinado a su padre, a Sophie. Y también a Mathilde. Matarlo no le devolvería la vida a ninguno de ellos ni lo liberaría del olor a ceniza amarga. Pero se vengaría de él.

Paul se quedó dormido con el movimiento del tren y despertó al amanecer. A juzgar por la vegetación y el paisaje, estaba todavía en Provenza. Era demasiado peligroso permanecer en el tren a plena luz del día, así que aprovechó una cuesta que ralentizó la marcha para saltar del vagón.

Al tocar el suelo, se incorporó con rapidez y fue a esconderse tras unos arbustos. Permaneció inmóvil durante unos instantes, atento a su entorno, hasta que tuvo la certeza de que nadie lo había visto.

Buscó un charco y se lavó en él. El agua le devolvió el reflejo de un hombre cansado, con unas ojeras profundas.

Avanzó entre los árboles hasta llegar a un camino. El brazo seguía doliéndole y sentía el olor a ceniza. No había probado bocado desde la mañana anterior y comió las moras de un arbusto hasta saciarse.

Por las señales que vio en el camino estimó que se encontraba a unos treinta kilómetros de Morly. El tiempo era soleado. Podría hacer el recorrido en un día; dos, a lo sumo.

Hacia el mediodía se encontró con un grupo de resistentes y les preguntó por el camino más corto para llegar a Morly. Los hombres se miraron entre ellos e inquirieron si tenía familia allí. Habían recibido la información de que la Brigada Norteafricana se preparaba para llevar a cabo una acción de represalia en esa localidad.

Paul pidió a los resistentes que le acompañaran a Morly, pero estos se negaron. Habían recibido órdenes de facilitar la retirada de los alemanes. Tras el desembarco de los aliados en Normandía, la prioridad de la Resistencia era recuperar el control de las capitales departamentales y avanzar lo más rápido posible hacia París.

Paul se despidió de los resistentes y aceleró su marcha. Tenía que convencer a los Saint Matthieu de que abandonasen Morly con la hija de Mathilde lo antes posible. Corrían un grave peligro si no huían.

Sacó de su bolsillo la fotografía de la niña y la observó. En las guerras morían millones de personas, pero una sola vida podía representar una gran diferencia. Salvar a Marie podía ser una forma de redimirse, de salvarse a sí mismo.

El problema era que tardaría un día en llegar a Morly y para entonces la Brigada Norteafricana ya habría llevado a cabo su acción de represalia. Necesitaba un medio de transporte.

Tras un par de horas de marcha, Paul escuchó el ruido de una motocicleta y se escondió entre los árboles. El conductor, vestido con un uniforme alemán, se detuvo en lo alto de una loma y esperó con el motor encendido, como si hubiese olfateado una presencia extraña en el viento.

Lo más razonable sería esconderse y dejar marchar al soldado, pero necesitaba llegar a Morly lo antes posible. Cogió una piedra del suelo y se ocultó detrás de un árbol. Si no acertaba el tiro, tendría muy pocas opciones contra un hombre armado.

El soldado husmeó una vez más el aire y se lanzó a gran velocidad por el camino. Paul acarició la piedra y siguió con los ojos la trayectoria de la motocicleta.

Cuando estuvo a pocos metros de él, se levantó para lanzarla. El hombre vio su gesto y desenfundó su pistola, pero la piedra le golpeó en el pecho antes de que pudiese disparar.

La motocicleta se deslizó unos metros por el suelo y quedó tumbada en la carretera, con el motor encendido. Paul se acercó con precaución al soldado. Se había desnucado al caer y tenía el aspecto desmadejado de una marioneta.

Sin perder tiempo, arrastró el cadáver del soldado hasta los arbustos, le quitó el uniforme y se lo puso. Con ese aspecto conseguiría engañar a los alemanes; pero también a la Resistencia.

Se subió a la motocicleta y aceleró el motor. Tenía que llegar a Morly antes de que lo hiciese la Brigada Norteafricana.

72

El agotamiento hizo que *madame* Rosier se quedara dormida sobre el suelo de madera. Las últimas horas habían sido muy tensas, por temor a que la Gestapo acudiese al apartamento de los Saint Matthieu para detenerlas. Cuando despertó le dolían todas las articulaciones aunque, teniendo en cuenta los sucesos de la noche anterior, podía considerarse afortunada.

Los alemanes habrían encontrado en su casa los dos cadáveres y estarían buscándolas. Lo mejor sería permanecer en casa de los Saint Matthieu. Al menos, por el momento.

Madame Rosier tapó a Marie con su chaqueta y caminó hacia la entrada. A través de la mirilla vio que la puerta de los Renard había quedado abierta. ¿Tendrían algo de comida en su despensa? Desgraciadamente, a ellos ya no les serviría de nada.

La maestra cogió una llave del apartamento de los Saint Matthieu, que colgaba de un gancho en la entrada, salió al rellano y cerró la puerta. A continuación entró en casa de los Renard. Tras comprobar que estaba sola, cerró a su vez la puerta.

En la despensa encontró una lata de sardinas, varias patatas y un trozo de pan reseco y lo metió todo en su bolso. Cuando se disponía a regresar al apartamento de los Saint Matthieu, escuchó un ruido de pasos en la escalera. A través de la rejilla observó, con horror, que se trataba de un soldado alemán.

El hombre se detuvo en el rellano y llamó a la puerta de los Saint Matthieu. La maestra rezó para que Marie no se despertara y abriese. El hombre pareció reparar en la estrella de David pintada en la puerta de los Saint Matthieu y llamó al timbre de los Renard. La maestra asomó su nariz por la rejilla y le preguntó qué quería.

—Estoy buscando a Marie, la niña que vive con los Saint Matthieu.

Madame Rosier se quedó callada unos instantes. Deseaba librarse del soldado, pero por encima de todo quería evitar que registrase el apartamento de los Saint Matthieu. Le vino a la mente la conversación que había tenido con *madame* Renard unas semanas antes, cuando esta le pidió que se hiciese cargo de la niña.

—La Gestapo vino hace unos días a buscar a los Saint Matthieu —explicó—. Se llevaron a la niña con ellos a Royallieu.

El soldado reflexionó durante unos instantes. Para alivio de *madame* Rosier, se marchó escaleras abajo sin hacer más preguntas.

La maestra regresó al apartamento de los Saint Matthieu, despertó a Marie y le hizo tomar el resto de la leche condensada. Tenían que irse de allí lo antes posible, pero no podía cargar sobre sus vecinos la responsabilidad de esconderlas.

De repente se le ocurrió una idea. Renée. No vivía lejos de allí y, al ser su padre un colaboracionista, los alemanes no registrarían su casa. Con un poco de suerte el padre de Renée no estaría cuando llegasen. Si la niña les abría la puerta, podrían esconderse en el desván hasta que las cosas se calmaran. El plan conllevaba riesgos, pero no tenían alternativa. Los soldados regresarían en cualquier momento para registrar el apartamento de los Saint Matthieu.

La maestra le dio la mano a Marie y bajaron hasta el portal. En la calle reinaba un completo silencio y todas las contraventanas estaban cerradas. Avanzaron por la acera sin cruzarse con nadie, pero *madame* Rosier tuvo la impresión de que sus vecinos la observaban desde las ventanas, dispuestos a denunciarla.

Renée vivía con su padre en un edificio de dos plantas que hasta la muerte de su madre había albergado una panadería. La maestra llamó a la puerta con los nudillos; Renée abrió poco después.

—¿Está tu padre en casa? —le preguntó *madame* Rosier. La niña negó con la cabeza, asustada—. Necesitamos escondernos en tu casa un par de días. Tu padre no puede saberlo. —Renée no se atrevió a negarse. Su padre repetía que debía obedecer a sus profesores—. No tienes de qué preocuparte —la tranquilizó la maestra—. Si tu padre nos descubre, diré que nos colamos por una ventana.

La niña no parecía convencida, pero las condujo hasta la antigua panadería. El lugar estaba lleno de cachivaches y desde la muerte de su madre nadie entraba en ese lugar.

Renée oyó que su padre había regresado a casa y dejó a *madame* Rosier y Marie a solas en la panadería. El hombre ignoró a su hija y se dirigió al piso superior. Asustada, la niña fue a su habitación para terminar el dibujo que estaba haciendo.

El padre de Renée estaba furioso. Había oído rumores de que la maestra había matado a dos alemanes y sabía que la venganza de estos sería terrible. Y les daría igual quién hubiese colaborado con ellos. Para empeorar las cosas, la Resistencia estaba tomando posiciones en la región. Tenía que marcharse con su hija de Morly.

El hombre se dirigió hacia la panadería. Al oírlo bajar las escaleras, Renée salió de puntillas de su habitación y deseó que se la tragara la tierra. Si su padre encontraba allí a Marie y *madame* Rosier, se enfadaría mucho.

El hombre abrió la puerta. Cuando encendió la luz, las paredes se cubrieron de sombras. Buscó una maleta, pero esta no aparecía por ningún lado. Movió cabeceros de cama, colchones en los que anidaban roedores, cestos, cacerolas. Sorprendido, encontró un bolso de mujer. Lo abrió y vio en su interior una lata de sardinas y una vieja pistola. Dejó el bolso en el suelo y empezó a apartar los trastos. Esta vez, sin embargo, no era la maleta lo que buscaba.

Desde su escondite tras un baúl, la maestra siguió los movimientos del hombre. Su corazón estaba a punto de estallar. Pensó en atacar al hombre con algún objeto, para que Marie pudiese escapar en medio de la confusión, pero la niña no llegaría muy lejos. Su única opción era entregarse y confiar en que el padre de Renée no encontrase a la pequeña.

Le hizo una seña a Marie para que no se moviera de su escondite y salió con las manos en alto, consciente de que su sacrificio era la única forma de salvarla. La niña la siguió con la mirada desde detrás del baúl. La panadería estaba llena de telarañas y tuvo tanto miedo de quedarse sola que decidió abandonar su escondite. Ante la desolación de *madame* Rosier, la niña corrió a abrazarse a su falda. Sus palabras sobre el campo de concentración de Royallieu estaban a punto de hacerse realidad.

73

Tras su conversación con la mujer en el apartamento vecino al de los Saint Matthieu, Paul se dio la vuelta y bajó las escaleras, sudando bajo el uniforme demasiado estrecho. La estrella amarilla en la puerta de los Saint Matthieu y la información de que la hija de Mathilde había sido enviada a Royallieu le habían confirmado sus peores temores: había llegado demasiado tarde a Morly.

Royallieu era un campo de concentración en el que Vichy confinaba a prisioneros políticos, judíos y resistentes antes de que fuesen deportados a Alemania. Estaba situado en las inmediaciones de Compiègne, el lugar donde Francia y Alemania habían firmado los armisticios de 1918 y 1940. La probabilidad de que una niña sobreviviese en ese lugar era ínfima.

Echó a andar en dirección al ayuntamiento. Después pensaría en Marie. Ahora debía prevenir al alcalde de la inminente llegada de la Brigada Norteafricana, para que evacuase a la población.

El silencio era abrumador, como si una sombra flotase en el aire. Las calles estaban vacías; las contraventanas, cerradas. Paul reparó en que alguien lo observaba desde una ventana y aceleró el paso. Con su uniforme alemán sería un blanco fácil en la calle desierta.

La motocicleta seguía aparcada en la plaza. El reloj del consistorio tenía la esfera resquebrajada y la gravedad hacía que las agujas marcasen permanentemente las seis y media. En el frontispicio podían distinguirse los cercos de la divisa «Liberté, Égalité, Fraternité», borrada al comienzo de la ocupación.

Cuando iba a entrar en el ayuntamiento, vio llegar un camión. De él descendieron varios hombres, vestidos con las insignias azules de la Brigada Norteafricana.

Paul se alisó el uniforme y decidió huir hacia delante. Con grandes aspavientos, empezó a increpar a los recién llegados por su tardanza. El líder de la brigada, cuyo vientre amenazaba con romper los botones de su camisa, no pareció muy impresionado por sus galones de sargento.

—¿Por qué habéis llegado tan tarde? —gritó Paul, fingiendo un acento alemán—. ¿Os habéis detenido en un burdel?

Algunos mercenarios rieron, pero el cabecilla acalló sus risas con un gesto enérgico. Dos hombres subieron al camión y arrastraron al suelo los cadáveres del matrimonio Renard, vestidos con pijamas sucios. Llevaban colgados del cuello sendos cartones con el rudimentario dibujo de un zorro.

El líder de la brigada ordenó a sus hombres que colgaran los cadáveres de un poste, para que todos los vecinos de Morly pudiesen verlos. A continuación, desenfundó su pistola y caminó hacia el ayuntamiento.

—¿Adónde va? —le preguntó Paul.

El hombre le dedicó una mirada impaciente, pero no se opuso a que Paul le acompañara. Al entrar en el vestíbulo del ayuntamiento, el mercenario llamó a gritos al alcalde. Como nadie respondía, se acercó a una mujer sentada detrás de un mostrador y la apuntó con su pistola.

—¿Va a llevarme hasta el alcalde o prefiere que encuentre el camino yo solo?

La mujer se levantó con torpeza y los condujo hasta un despacho en el primer piso, cuya puerta abrió sin llamar. Al ver el uniforme de Paul, el alcalde se levantó como un resorte y le transmitió sus condolencias por la muerte de los dos miembros de la Gestapo. El cabecilla de la Brigada Norteafricana se dirigió hacia el hombre y, sin mediar palabra, le propinó un puñetazo en el estómago.

Mientras el alcalde se retorcía en el suelo, el mercenario se sentó en una silla y encendió un cigarrillo. Sobre su cabeza se encontraba un retrato del mariscal Pétain orlado con la divisa «Trabajo, familia, patria». Sin previo aviso, Paul desenfundó su pistola y le asestó al mercenario un tiro a quemarropa.

Ante la mirada atónita del alcalde, Paul despojó al mercenario de las dos granadas que colgaban de su cinturón y se asomó a la plaza. Sus posibilidades de oponerse a un grupo de hombres armados eran mínimas. Pero vendería cara su piel.

Al asomarse por la ventana vio que los miembros de la Brigada Norteafricana se subían atropelladamente al camión. Sin preocuparse de la ausencia de su cabecilla, se marcharon a toda prisa de Morly.

Poco después, una comitiva de resistentes entró en la población. Algunos iban a pie, otros en bicicleta y unos pocos en automóvil. Vestían uniformes desiguales y lucían una sonrisa en el rostro. Una bandera tricolor asomó con timidez en una ventana y otras la siguieron. Las campanas de la iglesia repicaron para señalar la liberación de Morly.

Paul observó la llegada de los resistentes desde la ventana del ayuntamiento, pero no sintió una gran emoción. La ocupación solo habría concluido cuando los alemanes abandonasen París. Se quitó el uniforme alemán, arrancó la insignias de la camisa del mercenario y se vistió sus ropas, que le venían demasiado grandes. A continuación bajó las escaleras y se perdió entre la multitud que empezaba a inundar la plaza.

74

Iluminado por proyectores gigantescos, el campo de concentración de Royallieu ofrecía el aspecto de una ciénaga en medio del desierto. Una empalizada de tres metros de altura, coronada por una valla electrificada, emitía un zumbido de insecto. Varios soldados vigilaban desde las torretas, parapetados detrás de sus ametralladoras.

Sería imposible acceder al recinto; y Paul ni siquiera estaba seguro de que la hija de Mathilde se encontrara en ese lugar. Quizá nunca había sido trasladada a Royallieu.

A diferencia de otros campos de internamiento en territorio francés, Royallieu dependía directamente de las autoridades alemanas. Con los aliados a las puertas de

París, Paul se preguntó qué decisión tomaría el director del campo. ¿Daría la orden de asesinar a los prisioneros?

Escuchó gritos de soldados y ladridos de perros, seguidos por varios disparos y un rumor de toses, de pasos apresurados. Un olor viejo como la noche, mezcla de sudor y miedo, se elevó sobre la empalizada.

Los alemanes empezaron a pasar lista a los prisioneros. ¿Iban a enviar un último convoy hacia Alemania? El viaje hacia el este, sin apenas agua ni comida, duraba cuatro días. Decenas de personas se hacinaban en vagones diseñados para transportar animales, obligados a chapotear sobre sus excrementos y beber su propia orina.

Las puertas del campo se abrieron poco después. Paul vio aparecer una columna de prisioneros, flanqueados por un nutrido grupo de soldados. En medio de la fila iban varios niños, pero estaban demasiado lejos para poder distinguir sus rasgos. ¿Llevaban a los prisioneros al bosque para asesinarlos?

La comitiva enfiló el camino hacia Compiègne. Paul se dio cuenta de que no iban al bosque, sino a la estación de tren. Los alemanes pretendían realizar un último transporte de prisioneros hacia el este.

Paul se adentró en el bosque. Supondría un largo rodeo, pero tenía que llegar a Compiègne antes que los prisioneros de Royallieu. Una vez allí, intentaría movilizar a la población. Una mayoría de franceses se habían mantenido ajenos a la guerra, sin participar en la Resistencia ni colaborar con los alemanes. Se habían limitado a sobrevivir e intentar alimentar a sus familias, pero a veces era suficiente una chispa para sacar a alguien de su letargo. En el caso de Paul había sido la muerte de su padre y, posteriormente, la promesa silenciosa hecha a Mathilde.

Corrió en la oscuridad por el bosque, evitando las ramas de los árboles. Aunque se torció varias veces los tobillos, continuó siempre hacia delante.

Al salir de la espesura, las luces tenues de Compiègne aparecieron frente a él. Bajó corriendo por la colina, pero trastabilló en la oscuridad y rodó por la ladera hasta que una roca detuvo su descenso.

Paul quedó tumbado sobre la hierba, inconsciente, mientras los prisioneros de Royallieu proseguían su lenta marcha hacia el infierno.

Marie se pellizcó el brazo, pero no consiguió despertarse. Apoyó la cabeza en el pecho de *madame* Rosier y observó a las personas que se hacinaban en el vagón. Había varios niños, pero ninguno quería jugar con ella.

En el vagón hacía calor y Marie tenía mucha sed. Un bebé lloraba y su madre intentaba darle el pecho, pero estaba tan delgada que apenas tenía leche. Por lo menos, la sed había hecho que Marie se olvidara de las ganas de comer, y del aburrimiento.

La luz del sol se filtraba por las rendijas del vagón, como los surcos de innumerables relojes de arena. Una mujer empezó a sollozar y Marie se sintió triste porque nadie iba a consolarla. Las ganas de llorar eran como los bostezos, y tuvo miedo de contagiarse.

Lo mejor sería dormir un rato. Quizá la pesadilla se terminaría cuando despertara. Marie siempre iba al baño antes de dormir, pero en el vagón no había lavabo y no quería pasar al lado de la mujer que estaba llorando.

Cerró los ojos y soñó que su madre había regresado. Le hacía a Marie un bonito peinado y se bañaban en la playa. Después inventaban juntas una historia con un final feliz.

Cuando se despertó, algunos pasajeros habían cambiado de sitio. A su lado había ahora un hombre muy delgado. Parecía agotado, pero sonrió a Marie a pesar de todo. Era la primera vez desde que habían subido al tren que alguien sonreía a Marie. Y no solo eso. El hombre empezó a replicar sus movimientos: se rascó la cabeza al mismo tiempo que ella, se llevó la mano a la nuca y bostezó. Igual que ella.

En ese momento, el tren aminoró la marcha hasta detenerse. Las puertas del vagón se abrieron poco después.

Paul tardó unos segundos en reparar en dónde estaba. Tenía las piernas dormidas y una mancha de sangre en la frente.

La mañana era fría y una alfombra de niebla cubría el horizonte. Se incorporó con dificultad y caminó hacia el centro de Compiègne.

La estación ofrecía un aspecto desolado. Un vagón para el transporte de ganado se hallaba abandonado en la vía y sobre el andén yacían varios cadáveres de hombres adultos, todos ellos con un tiro de bala en la nuca.

Caminó por el andén con las manos en los bolsillos, incapaz de contener la rabia. Desde el túnel que conducía al vestíbulo de la estación una voz le ordenó, en un mal francés, que levantase las manos.

Paul distinguió entre la bruma a dos hombres armados con fusiles. La visión de los cadáveres le había revuelto el estómago, provocándole una sensación de vértigo. Los soldados le ordenaron con un gesto amenazador que se acercara y Paul obedeció, mascullando entre dientes una retahíla de insultos contra el Tercer Reich.

Para su sorpresa, los dos soldados resultaron ser norteamericanos, pertenecientes a un batallón del 75º Regimiento de Exploradores, en misión de reconocimiento. Habían entrado por primera vez en combate durante el desembarco aliado en Normandía, donde recibieron la orden de tomar la posición alemana de Point-du-Hoc, una gesta que les obligó a escalar un acantilado con cuerdas, bajo un intenso fuego de ametralladora.

Los norteamericanos se mostraron aliviados de encontrar un rostro amigo en aquella estación llena de cadáveres. Cuando Paul les informó de la partida de un tren con prisioneros del campo de Royallieu, le ofrecieron su ayuda para localizarlo.

Su jeep estaba aparcado en el vestíbulo de la estación. Paul se sentó en el asiento trasero y observó los nidos de golondrina en los aleros del edificio, que alguien había utilizado recientemente para hacer prácticas de tiro.

Los norteamericanos llevaban dos días explorando la zona y propusieron ir hacia el norte. La vía férrea había sido bombardeada y era probable que el convoy de Royallieu hubiese tomado la dirección de Peronne.

Un destacamento de tropas británicas, con el que se encontraron una hora después, les informó de que el tren de Royallieu había alcanzado Peronne al mediodía, pero se había visto forzado a dar la vuelta debido a la destrucción de un puente.

Paul se despidió de los dos soldados norteamericanos, obligados a regresar a su campamento, y se unió al destacamento británico para esperar la llegada del tren en las inmediaciones de Roye.

Hacía una tarde calurosa y los minutos discurrieron con lentitud. A pesar del agotamiento, Paul se obligó a permanecer concentrado. Unas nubes de tormenta se condensaron en el cielo y un trueno retumbó en las montañas cercanas. El viento empezó a agitar las copas de los árboles y una lluvia torrencial descargó su ira sobre ellos.

Paul vio aparecer en la lejanía la columna de humo de un tren. Calados hasta los huesos, se escondieron entre los árboles y tomaron posiciones. La vida de los prisioneros de Royallieu dependía de que el ataque fuese una completa sorpresa. Si se sentían acorralados, los alemanes incendiarían los vagones con todos los prisioneros dentro.

Cuando el tren se aproximó a su posición, los soldados británicos hicieron explotar una bomba sobre la vía, que obligó al conductor a frenar para evitar un descarrilamiento, y abrieron fuego sobre los soldados apostados en el techo del tren. Los alemanes que no fueron abatidos huyeron hacia el bosque, dejando el convoy desprotegido.

Paul se sumó a los soldados ingleses para forzar las puertas de los vagones. Algunas formas humanas se asomaron al exterior, pero muchos prisioneros no habían sobrevivido al viaje. Paul fue de vagón en vagón, sobreponiéndose al hedor insoportable. Rebuscó entre vivos y muertos, hasta que tuvo la certeza de que Marie no estaba en el tren.

77

Aviñón

El mayor Hambrecht releyó la orden de retirar todos sus efectivos del departamento de Vaucluse. Aunque la decisión resultaba inevitable, era consecuencia de anteriores elecciones del Estado Mayor. Si Alemania hubiese concentrado sus esfuerzos en controlar los pozos de petróleo de Oriente Medio en vez de abrir un nuevo frente en Rusia, ahora no tendría que impartir las órdenes más humillantes de su vida.

Levantó el auricular del teléfono y le pidió a su ayudante que fuese a verlo. Algunos destacamentos alemanes habían pactado con la Resistencia local una salida segura de sus hombres, pero necesitarían varias horas para completar la retirada de todos sus efectivos.

Su ayudante entró en el despacho y chocó sus talones.

—Dé la orden de retirar todos nuestros efectivos de Vaucluse —dijo el mayor Hambrecht—. Y disponga mi coche: quiero hacer una visita a Morly.

Su ayudante no reaccionó durante unos instantes.

—Me temo que esa visita no será posible. La Brigada Norteafricana se ha presentado allí esta tarde.

—¿Quién dio esa orden?

El ayudante se alisó su uniforme impecable. Su gesto era menos hierático que en los días anteriores.

—Lo hice yo, en su nombre. Dos agentes de la Gestapo fueron asesinados al intentar detener a la niña judía.

—¿La niña judía? Le ordené expresamente que no hiciera nada al respecto.

—Obré por patriotismo, mi mayor.

Dieter Hambrecht miró a su ayudante con desprecio. El mariscal Rommel nunca habría impartido una orden destinada a hacerle daño a una niña indefensa.

—¿Dónde está la niña ahora?

—En un tren con destino a Alemania.

—Prepare mi coche ahora mismo.

—Con su permiso, mi mayor, esa zona es muy peligrosa. La Resistencia ha tomado posiciones...

—¡Le he ordenado que prepare mi coche!

Dieter Hambrecht esperó a que el hombre saliese del despacho y cogió un papel de su escritorio. La última orden que firmaría como comandante de la región de Vaucluse sería el traslado de su ayudante al frente ruso, donde tendría sobradas oportunidades para demostrar su patriotismo.

78

Madame Rosier observó el rostro empapado en sudor de Marie, que tenía la cabeza apoyada en su regazo. En el vagón se hacinaban al menos cien personas y hacía un calor de fragua.

Tras ser detenidas en casa de Renée, habían sido conducidas al cuartel de la Gestapo en Aviñón. Posteriormente fueron obligadas a subir a ese tren con destino a Alemania.

Marie tenía los labios agrietados por la sed. No disponían de nada para beber y a medida que avanzase la mañana la temperatura aumentaría aún más. *Madame* Rosier dudaba de que sobrevivieran a ese viaje. Sentía ganas de llorar, pero debía mantenerse fuerte por la niña.

El tren se detuvo poco después y *madame* Rosier vio abrirse la puerta del vagón. Un soldado ordenó a los pasajeros que bajasen del tren. La maestra le dio la mano a Marie y descendieron al andén.

Un soldado empezó a gritar el nombre de Marie. Al principio *madame* Rosier pensó que iban a liberarla, pero su sentido de la realidad le hizo temer que el motivo fuese otro. El soldado se acercó a ellas y le preguntó a la niña si se llamaba Marie Dehaene. Ante la desolación de *madame* Rosier, la pequeña asintió.

La mujer intentó retener a Marie a su lado, pero el soldado la apartó a culatazos. Tumbada en el suelo, con la cara ensangrentada, *madame* Rosier vio alejarse a Marie por el andén.

79

El vehículo del mayor Hambrecht no llevaba ninguna insignia oficial, pero el Mercedes 260 era el coche de elección de la Gestapo y la Resistencia no tendría problemas para identificarlo. En ese aspecto, su ayudante tenía razón.

Dieter Hambrecht abrió la puerta del automóvil e invitó a Marie a sentarse a su lado. La niña empezó a sollozar, ocultando su rostro con el antebrazo, y Dieter sintió un estremecimiento al comprobar lo mucho que se parecía a Mathilde.

La visión de Marie hizo aflorar en él una miríada de recuerdos: del día en que se había caído de un árbol, intentando capturar un pájaro para Mathilde; de cómo habían compartido sus meriendas y explorado sus cuerpos.

—No llores. Soy un amigo de tu madre y no voy a hacerte daño.

—¿Va a venir mi mamá a verme?

Dieter Hambrecht le ordenó al conductor que arrancara. Su encuentro con la hija de Mathilde, el accidente del mariscal Rommel y la retirada del departamento de Vaucluse habían provocado en él la impresión de que el mundo se tambaleaba. Y de que su vida lo hacía también.

—Voy a llevarte a casa de tus abuelos.

—Yo no tengo abuelos.

—Claro que los tienes. Viven en Berlín, en una casa con un jardín muy grande. ¿No tienes ganas de conocerlos?

La niña se quedó pensativa unos instantes.

—¿Mis abuelos son judíos?

Dieter Hambrecht se estremeció al pensar que Marie habría podido ser su hija. Si no la hubiese sacado del tren, habría acabado en un horno crematorio o, como en sus pesadillas, rodeada de una montaña de cadáveres.

—No, tus abuelos no son judíos.

—¿*Madame* Rosier puede venir conmigo?

El mayor Hambrecht no respondió. Le ordenó al conductor que tomase la dirección de Aviñón, desde donde buscaría un medio seguro para enviar a Marie a Berlín. El conductor miró a Hambrecht con resignación.

Aunque era una locura atravesar una zona ocupada por la Resistencia, no se atrevió a presentar objeciones.

Marie tenía ganas de orinar, pero aguantó un buen trecho sin decir nada. Cuando ya no pudo aguantar más, le explicó al amigo de su madre lo que sucedía. Hambrecht intercambió una mirada con el conductor y le mandó que detuviera el automóvil.

Mientras la niña caminaba hacia unos arbustos, Dieter salió del automóvil y encendió un cigarrillo. Rememoró una tarde de otoño en la que Mathilde y él habían lanzado castañas, con un tirachinas, sobre los autobuses que circulaban por Französische Strasse, hasta que un conductor airado había detenido su autobús para darles caza. La niña que tenía frente a él le recordó que Mathilde había sido su único, su gran amor.

El mayor Hambrecht observó un resplandor entre los árboles. Antes de que pudiese comprender qué sucedía, el automóvil voló por los aires y cayó con un estruendo metálico a pocos metros de él. Todavía aturdido por la explosión, Dieter corrió hacia la niña. Tenía la cara chamuscada, pero solo parecía haber sufrido unos rasguños.

—¿Estás bien?

Marie asintió, con gesto asustado. El automóvil estaba recostado en la cuneta, envuelto en llamas. Dieter cogió a la niña en volandas, la sentó sobre sus hombros y corrió hacia los arbustos.

Avanzaron sin detenerse durante unos minutos, hasta alcanzar una vía férrea. Al llegar a un repecho vieron una larga fila de personas que transportaban sus enseres en carros y mulas. Dieter se sacó la chaqueta del uniforme y se desordenó el pelo. No deseaba ser identificado como un oficial alemán en una zona ocupada por la Resistencia.

Los últimos refugiados no les prestaron atención. Cuando el grupo hizo una pausa para descansar, los imitaron y se sentaron en un tronco al margen del camino. Dieter recordó un truco de magia que solía escenificar para Mathilde cuando eran niños y cogió una piedra del suelo.

—¿Qué haces? —le preguntó Marie.

—Magia.

El hombre cerró la mano alrededor de la piedra. Cuando volvió a abrirla, esta había desaparecido. Marie lo miró admirada.

—¿Eres un mago de verdad?

—Claro —respondió él.

La niña lo miró en silencio unos instantes.

—Entonces, ¿puedes hacer volver a mis padres?

El mayor Hambrecht observó a Marie. En los últimos años creía haber perdido la fe en el género humano y se consideraba inmunizado contra el dolor ajeno, pero quizá no era del todo cierto.

Una explosión retumbó en una montaña cercana. Instantes después, la artillería de uno de los bandos empezó a lanzar obuses que explotaron a poca distancia de ellos. La columna de refugiados se dispersó y muchos intentaron ganar el bosque cercano.

Fue entonces cuando aparecieron los aviones. Al principio Dieter creyó que eran norteamericanos, pero pronto comprobó que no era así. Un avión barrió el suelo con su ametralladora. Instintivamente, Dieter corrió a refugiarse en la maleza, pero al mirar atrás vio a Marie paralizada al borde del camino.

En ese momento deseó ser un mago de verdad y poder hacer desaparecer a la niña. Durante una fracción de segundo, mientras las ráfagas de ametralladora se acercaban a Marie, tuvo el convencimiento de que salvar a la niña era una forma de salvar al mundo, aun a costa de su propia vida. Sin pensarlo dos veces, corrió hacia Marie y la cubrió con su cuerpo.

Cuando los aviones desaparecieron, el aire se inundó de un olor a pólvora, con los quejidos de los heridos y los lamentos de quienes habían perdido a sus seres queridos.

El cuerpo de Dieter estaba a punto de asfixiar a Marie. Poco a poco, la niña movió el peso de su cuerpo hacia los lados y liberó su torso. Finalmente, consiguió ponerse en pie.

Marie besó la mejilla del hombre y, para no quedarse sola, se unió a un grupo de refugiados que habían vuelto a ponerse en camino.

80

Robert Langlois se acercó a la orilla hasta que el agua rozó sus zapatos. En aquel lugar había encontrado a Marie, unas semanas atrás.

Observó las olas que rompían a unos metros de él. Desde su viaje a Morly había recuperado su hábito de pasear diariamente por la playa Des Chevrets, el lugar favorito de su esposa.

El hombre escuchó unas voces y, al girarse, vio que Maiwen corría hacia él arrastrando sus faldones. Estaba gritando algo, pero el ruido del viento le impidió comprender sus palabras.

—Los aliados han desembarcado en Normandía —dijo la mujer, sin resuello, al llegar a su lado.

—¿Cuándo?

—Esta mañana. Los americanos se encuentran a diez kilómetros de aquí. —El cartero inspiró profundamente. Sintió que le invadía una sensación próxima a la euforia—. Tengo que ir a Morly —añadió la mujer—. ¿Me acompañas?

Langlois nunca había visto a Maiwen tan excitada. Si los aliados habían desembarcado en Normandía, la liberación de Francia era meramente cuestión de tiempo. Pero podían transcurrir semanas o meses hasta que fuese seguro viajar.

—¿No sería mejor esperar un poco? —preguntó el cartero.

—Le prometí a Marie que iría a verla en cuanto acabase la guerra.

Robert Langlois había tardado un mes en recorrer en bicicleta el camino hasta Morly. Había dormido con la niña en pajares y sobre mantos de helecho, siempre expuesto a que los alemanes los detuvieran.

—Y la verás, pero cuando la guerra haya acabado de verdad. ¿Por qué no le escribes una carta para decirle que pronto irás a visitarla?

81

Paul regresó a Aix-en-Provence en un camión nortea-
mericano, acompañando a un grupo de soldados que se
dirigían a Toulon para dragar el puerto de explosivos.

No había encontrado a Marie en el convoy de prisioneros de Royallieu. Tal vez había sido asesinada en
el campo de concentración, o quizá la vecina de los Saint
Matthieu le había mentido al ver que llevaba un uniforme alemán. Volvería a Morly para ver si alguien podía
darle razón de la niña, pero primero tenía que encontrar
a Henri Vancelle, antes de que desapareciese. Si es que
no lo había hecho ya.

Aix-en-Provence había sido liberada tras el desembarco de las tropas aliadas cerca de Cannes. París era
también libre, después de que el general Von Choltitz

desobedeciera las órdenes de Hitler de arrasar la ciudad. Una parte de Francia, sin embargo, continuaba todavía bajo control alemán.

Las calles de Aix-en-Provence estaban engalanadas como para una fiesta, pero la ciudad tardaría en recuperarse de los años oscuros de la ocupación. Los Comités de Liberación, formados por las diferentes facciones de la Resistencia, habían transferido el poder ejecutivo a las autoridades republicanas, pero todavía jugaban un papel importante en los juicios sumarios a los colaboradores con el invasor alemán.

Era improbable que Henri se encontrase todavía en Aix. Seguramente había huido ante la llegada de los aliados y cambiado de identidad. Tal vez estuviese en Alemania, utilizando los vínculos entre la Milice y las SS. Quizá en Marruecos o Indochina. O había cruzado la frontera y disfrutaba de un retiro dorado en Suiza.

Paul había escondido el botín del Banco de Francia en una cueva, cerca del campamento del maquis de Saint-Sauveur. Habría podido permitirse todo tipo de comodidades, pero no quería demostrar que tenía dinero. En esos tiempos, solo los colaboracionistas y los traficantes del mercado negro disponían de recursos y no deseaba ser confundido con uno de ellos. Esos fondos no le pertenecían, pero si los entregaba a las autoridades civiles o militares nunca llegarían a las arcas del

Estado: terminarían en los bolsillos del Consejo de la Resistencia.

Descendió del camión en el centro de la ciudad y se dirigió a pie al cuartel de la Milice. Parecía una broma del destino que la Resistencia hubiese establecido su centro de operaciones en ese lugar.

El edificio había sido saqueado; las puertas, arrancadas. El suelo estaba cubierto de papeles y cristales, y muchas personas paseaban las salas. Paul reconoció entre ellos a un hombre con el que había compartido entrenamiento en Inverailort. Al preguntarle por el miliciano Vancelle, el resistente le informó de que había sido detenido mientras intentaba escapar en tren hacia Alemania y se encontraba en prisión.

Algo incrédulo por la noticia, Paul se dirigió al lugar en el que se hallaba encarcelado Henri. Entró en la prisión y pidió ver al guardia que supervisaba el bloque donde estaba el miliciano. El funcionario de prisiones tenía una delgadez enfermiza y sus pantalones le venían demasiado anchos. En voz baja, Paul le ofreció diez mil francos a cambio de tener una conversación a solas con Henri. El hombre escuchó con atención su propuesta, quizá temiendo que pretendiese ayudar al miliciano a escapar. Sus reticencias desaparecieron cuando Paul aumentó su oferta hasta veinte mil francos, la mitad por adelantado.

El hombre guardó el dinero y pidió a Paul que lo esperase a medianoche frente a la estatua de la plaza. Para matar el tiempo que quedaba hasta entonces, Paul dio un paseo por el centro de Aix. Las calles de la ciudad, que habían vibrado con un tráfico alborotador antes de la guerra, contaban ahora con un puñado de automóviles.

Paul se cruzó con un grupo de mujeres que andaban en reata, con las manos atadas. Tenían el cráneo rapado y varias de ellas llevaban el torso desnudo, con cruces gamadas dibujadas en su espalda con carmín o alquitrán. Era el trato reservado a las mujeres acusadas de colaborar «horizontalmente» con el enemigo. En una Francia en la que las palomas habían desaparecido de las plazas, los cuervos se vendían a diez francos y muchas familias enviaban a sus hijos al tendero con la esperanza de que hiciese la vista gorda ante su cartilla de racionamiento falsificada, aquella había sido para muchas mujeres la única forma de sobrevivir al hambre y los rudos inviernos sin carbón.

Cuando cayó la noche, Paul se dirigió al lugar de la cita. Llevaba atada al tobillo una pistola, pero todavía no había decidido si la utilizaría contra el miliciano. Henri sería sometido a juicio, pero no habría pruebas concluyentes contra él: era un personaje escurridizo y ninguna de sus víctimas podría testificar en su contra.

El guardia de la prisión apareció pasada la medianoche, cuando Paul empezaba a dar por perdidos los diez mil francos.

—Cinco minutos, ni uno más. Y ni una palabra de esto a nadie.

Paul siguió al hombre. El guardia extrajo una llave de hierro del bolsillo y abrió una puerta lateral de la prisión.

82

La luz de un reflector despertó a Henri Vancelle. Intentó moverse para contrarrestar un calambre en la pierna derecha, pero las cuerdas se lo impidieron. Llevaba dos días encarcelado y todavía no le habían hecho una sola pregunta. Las muñecas le escocían, como si alguien hubiese vertido alcohol en ellas.

Cuando sus ojos se acostumbraron a la luz distinguió a un hombre. Vestía una camisa azul marino, arremangada hasta los codos. Su rostro difuminado le pareció vagamente familiar.

—Quiero unos minutos a solas con él.

El miliciano reconoció la voz de Paul Chevalier. Había tardado menos de lo que esperaba en encontrarlo. Henri se reprochó no haber tenido mejor puntería en el café de Aix-en-Provence: Mathilde había recibido la bala destinada a Paul.

—¿Cuánto dinero te ha ofrecido? —preguntó Vancelle al guardia—. ¿Cincuenta mil francos? ¿Cien mil? —El silencio del carcelero le confirmó que había captado su atención—. Supongo que no te ha dicho que tiene cien millones de francos escondidos a poca distancia de aquí. —El guardia extrajo su pistola de la cartuchera y apuntó a Paul—. Participó en el asalto a un tren que transportaba dinero del Banco de Francia —explicó el miliciano—. Esa fortuna podría ser tuya; mis amigos en Alemania te ayudarán a escapar adónde quieras.

El guardia le advirtió que se callara. Desarmó a Paul y le ordenó que desatara al miliciano. Utilizando las mismas cuerdas, Henri ató las manos de Paul. El funcionario no iba a compartir el dinero con Vancelle, pero lo mantendría con vida mientras le resultase útil.

El guardia les ordenó que caminasen hacia el exterior de la celda. Atravesaron un corredor y descendieron unas escaleras hasta llegar al patio de la prisión. El hombre abrió la puerta de un automóvil y le ordenó a Henri que se sentara al volante. Paul, maniatado, se sentó junto al guardia en el asiento trasero, sin que este dejase de apuntarlo con su pistola.

Bajo la amenaza del arma, Paul le indicó a Henri el lugar al que debían dirigirse. Era todavía noche cerrada cuando llegaron a la cueva donde Paul había escondido los sacos. El carcelero se arrancó una manga de la camisa, la enroscó alrededor de un palo y la encendió con un mechero para construir una antorcha. La situó entre las manos atadas de Paul y le ordenó que los guiase hasta el botín.

Avanzaron por una senda que serpenteaba junto a un arroyo, con Paul liderando la comitiva. La corriente se hizo más caudalosa y el paisaje se llenó de castaños. Poco después distinguieron una pared rocosa.

Henri intercambió con Paul un gesto de complicidad. En ese momento tenían un objetivo común. Sin tirar la antorcha que llevaba en la mano, Paul salió corriendo hacia el interior de la cueva. El carcelero disparó en su dirección, pero antes de que pudiese volver a apretar el gatillo, Henri se abalanzó sobre él. Durante la refriega, el miliciano se hizo con la pistola y le disparó al hombre un tiro en la cara. Cuando Henri se giró hacia Paul, este había desaparecido dentro de la cueva.

La diferencia de temperatura entre el interior y el exterior era de al menos diez grados. La llama de la antorcha descubrió en las paredes figuras primitivas, cubiertas de calcita. En el suelo estaban los sacos que Paul había transportado con dificultad hasta allí unos días antes.

El miliciano no tardaría en entrar en la cueva. A diferencia de Paul, estaba armado y tenía las manos libres. Paul necesitaba librarse de sus ataduras, y la única forma para conseguirlo iba a ser dolorosa. Sin perder tiempo, Paul dejó la antorcha en el suelo y acercó sus manos para quemar las cuerdas. Estuvo a punto a desmayarse por el dolor, pero aguantó hasta que las ataduras cedieron.

Cuando recogió la antorcha, esta había incendiado uno de los sacos. El papel empezó a arder con rapidez. Paul solo disponía de dos alternativas, y abandonar la cueva implicaba una muerte segura. Avanzó hacia el interior de la montaña, luchando contra la asfixia, hasta que se topó con una pared. Tanteó el muro en busca de una oquedad, pero no encontró ninguna. Se dejó caer en el suelo para poder respirar, y fue entonces cuando percibió una corriente de aire.

Palpó la roca con los dedos hasta que descubrió una cavidad. Se adentró en ella y fue arrastrándose sobre los codos hacia el corazón de la montaña. Sus pulmones estaban a punto de estallar, pero consiguió alcanzar un túnel más ancho. Inspiró el aire limpio y continuó deslizándose sobre su vientre.

Unos metros más adelante distinguió un fragmento de cielo. Avanzó por el pasadizo, que ascendía de forma cada vez más pronunciada, hasta que el corredor se estrechó y desembocó en una hendidura vertical en la montaña.

Se tumbó en el suelo y respiró la brisa nocturna, esforzándose por contener la tos. Se hallaba justo encima de la entrada de la cueva.

Henri estaba fuera de sí y lanzaba improperios contra él. Paul se acercó cuidadosamente hasta el borde de roca. El miliciano apuntaba con su pistola hacia el interior de la cueva, de la que emergía una cortina de humo y llamas. El suelo estaba cubierto de billetes dispersos.

La distancia que separaba a Paul del suelo era suficiente para romperse varios huesos. A no ser que cayera encima de Henri. Si no atinaba, sin embargo, quedaría a merced del miliciano.

Lo más prudente sería quedarse quieto, a la espera de que Henri lo diese por muerto y se marchara, pero esa no era una opción. Henri había matado a su padre, a Sophie, a Mathilde, y no iba a desaprovechar su oportunidad para vengarse.

Paul se acercó con cuidado al borde de la montaña. Henri se había agachado para recoger algunos billetes dispersos, sin dejar de apuntar con su pistola hacia la entrada de la cueva.

Midió la distancia que lo separaba de Henri. El recuerdo de su padre le dio las fuerzas que necesitaba. Se alejó unos pasos, cogió carrerilla y saltó al vacío.

Cayó como un fardo sobre Vancelle y la pistola del miliciano rodó a varios metros de distancia. Henri quedó aturdido por el golpe, y Paul se había torcido un tobillo a consecuencia de la caída. Ambos se precipitaron hacia la pistola, pero fue el miliciano quien se hizo con ella. Paul aferró su muñeca y durante el forcejeo dos balas se estrellaron contra la roca.

Vancelle intentó librarse de Paul y rodaron juntos por el suelo, en dirección a la entrada de la cueva. La camisa de Henri rozó un puñado de billetes y las llamas empezaron a propagarse por su ropa. El miliciano emitió un alarido de dolor y dejó caer el arma. Se restregó por el suelo, para intentar apagar las llamas. Mientras profería unos gritos desgarradores, Paul alcanzó a ver sus ojos. Su mirada había dejado de ser fría y burlona: por primera vez reflejaba el pánico que había infundido en sus víctimas.

Cuando los gritos del miliciano cesaron, Paul se tumbó en el suelo. Algunos billetes bailaban en el aire, impulsados por la brisa. Empezó a toser compulsivamente y vomitó un líquido ceniciento.

Unos minutos después, se levantó y examinó el cadáver del carcelero. En sus bolsillos encontró las llaves del automóvil. Y un brazalete de diamantes que el hombre había sustraído a Henri.

83

Alsacia

Aunque solo habían transcurrido unos días desde su detención en casa de Renée, *madame* Rosier tenía la impresión de haber pasado la mitad de su vida en el campo de concentración de Natzweiler.

Durante su internamiento había mantenido la mirada baja cuando los guardias ladraban sus órdenes y acudido puntualmente al recuento de prisioneros. En Natzweiler, sin embargo, la muerte podía llegar por sorpresa: como una ración inesperada de margarina; como la lluvia o el recuerdo de un momento feliz.

Aquella mañana, *madame* Rosier y el resto de prisioneros se despertaron con otra sorpresa: las tropas alemanas habían huido durante la noche, dejando las puertas del campo abiertas.

La maestra se puso en camino, siguiendo a los demás prisioneros. En una garita de guardia encontró una pistola y la guardó en el bolsillo de su uniforme.

Horas después se encontró con una columna de resistentes, que le informaron de que gran parte de Francia había sido liberada y le indicaron la dirección para regresar a Morly.

Madame Rosier hizo el camino a pie, por carreteras inundadas de gente. Al principio de la guerra, muchos franceses habían cruzado la línea de demarcación para reunirse con sus familias en la zona controlada por Vichy. Otros habían permanecido escondidos y algunos, como *madame* Rosier, regresaban ahora de los campos de concentración liberados en territorio francés.

A estos últimos era fácil reconocerlos, pues desprendían una gran pestilencia y tenían un brillo opaco en la mirada. Muchos estaban tan débiles que, cuando las fuerzas les fallaban, se quedaban tumbados en las cunetas o hundidos en los barrizales, a la espera de la muerte.

Madame Rosier llegó a Morly tras varios días de marcha. Desde su detención había perdido diez kilos de peso y parecía mucho mayor. Los alemanes la habían distinguido con la mención «Noche y niebla», la expresión que correspondía a los prisioneros condenados a desaparecer en la noche de los tiempos, sin que sus familias recibiesen confirmación de su muerte. El olvido impedía la creación de héroes y evitaba que otros intentaran seguir su ejemplo.

La proximidad de Morly hizo sentir a *madame* Rosier un débil cosquilleo. Al entrar en el pueblo sintió varias miradas fijas en ella. Algunos vecinos se acercaron para saludarla, pero la mujer continuó su camino sin dirigirles la palabra.

Al llegar a su casa se sentó en el portal. Lo que más le dolía era no haberse podido despedir de Marie. Decidió ir a ver a los Saint Matthieu, por si habían regresado y podían darle noticias de la niña.

El apartamento del matrimonio judío estaba igual que la última vez. La puerta seguía abierta y en el suelo del pasillo había una carta. Iba dirigida a Marie y la remitente era una mujer llamada Maiwen. Al leer la carta, a la maestra se le saltaron las lágrimas. La mujer le decía a la niña que iría a visitarla en cuanto acabase la guerra y que le llevaría un queso que habían elaborado juntas.

Madame Rosier se sentía tan sola que decidió buscar refugio en la iglesia. Las puertas del templo estaban abiertas y en su interior resonaban los gritos de unos niños que jugaban en la plaza.

Acarició la pistola que llevaba en el bolsillo desde hacía varios días. Un simple disparo pondría fin a su calvario. Empuñó el arma, pero el ruido de un automóvil la sacó de su ensimismamiento. Giró la cabeza hacia la puerta y vio descender del vehículo al soldado alemán que le había preguntado por Marie unos días atrás, cuando estaba en el apartamento de los Renard buscando comida.

El recién llegado caminó hacia un grupo de hombres, entre los que se encontraba el alcalde, y les enseñó una fotografía. El alcalde señaló con la mano hacia un grupo de niños y el corazón de *madame* Rosier dio un vuelco al ver que Renée y Marie estaban entre ellos.

La maestra se levantó instintivamente. Utilizando sus últimas fuerzas, avanzó hacia el hombre, con la pistola en la mano, y disparó hasta que las balas se agotaron en el cargador.

84

Paul Chevalier abrió los ojos y observó las copas de los álamos a través de la ventana. Había recibido dos impactos de bala: uno en el muslo derecho, que había salido sin dañar ningún hueso; el segundo, más grave, en un pulmón. A su llegada al lazareto había sido sometido a dos operaciones y, según su médico, era un milagro que estuviese vivo.

Desde su llegada al hospital no había hecho más que dormir. Y pensar. Los sucesos ocurridos tras la muerte de su padre ocupaban un lugar difuso en su memoria, que había tenido que esforzarse para recuperar. Lo único que recordaba con precisión era la mirada de Mathilde, momentos antes de su muerte, y el olor de la ceniza amarga.

La cosecha de lavanda habría sido mala ese año. El calor había tardado en llegar y el retraso de la floración había permitido la aparición de plagas. La gran cantidad de lluvia caída al final de la primavera le habría obligado a dejar secar los granos más tiempo de lo habitual, para eliminar el exceso de humedad antes de destilar su esencia.

Oyó un ruido de pasos y vio a la enfermera. La herida de bala, recibida en el café de Aix-en-Provence, había cicatrizado mal, y Paul sintió un intenso dolor en el brazo al incorporarse. La mujer revisó su vendaje y le dedicó una mirada preocupada. Paul había intentado levantarse esa mañana, sin la autorización del médico, y la herida en el pecho había vuelto a sangrar.

—Debería tener más cuidado —dijo la enfermera, con una atención que no deparaba al resto de pacientes—. ¿No querrá permanecer en el hospital de forma indefinida?

La mujer le sonrió con picardía. Cuando terminó de rehacer el vendaje, informó a Paul de que tenía una visita.

—¿Quién es? —preguntó él, sorprendido.

La enfermera lo tapó con la sábana.

—Una mujer, acompañada de una niña.

Paul miró por la ventana. El emplazamiento del hospital, en lo alto de una colina, permitía observar los reflejos del otoño en el bosque cercano.

—Si lleva una pistola en el bolso, no la deje pasar.

La enfermera le guiñó un ojo y desapareció bajo el techo artesonado. El hospital estaba instalado en un castillo que había sido requisado por los alemanes durante la guerra y convertido en lazareto tras la liberación.

La enfermera regresó poco después, acompañada de la hija de Mathilde y de la mujer que había disparado a Paul.

—He venido a pedirle perdón —dijo *madame* Rosier—. El alcalde me lo contó todo.

En los últimos días, Marie le había explicado cómo había conseguido regresar a Morly, tras su encuentro con Dieter Hambrecht. En el grupo de refugiados al que se había unido tras su muerte figuraba un vecino de una localidad próxima a Morly.

—¿Tiene noticias de la madre de Marie? —preguntó la maestra.

Paul observó, a través de la ventana, la capilla del castillo y el palomar en ruinas. Después miró a Marie. Tenía un indudable parecido con Mathilde y su mirada reflejaba una madurez que no se correspondía con su edad. No le gustaba dar malas noticias, pero la niña tenía más derecho que nadie a saber la verdad.

—Lo siento mucho. Tu madre no sobrevivió a la guerra.

Marie empezó a llorar y se abrazó a *madame* Rosier. Paul esperó unos instantes, para dejar que se desahogara. Intentó buscar alguna palabra de consuelo, pero decidió permanecer callado. Había heridas que ninguna palabra podía curar; heridas que solo pedían silencio.

Metió el brazo debajo del colchón y extrajo un trozo de pan endurecido. En su interior estaba el brazalete que había encontrado en el bolsillo del carcelero.

—Tu madre me dio esto para ti —mintió Paul, sin saber que prácticamente decía la verdad.

Le tendió la pulsera a la niña y no pudo evitar preguntarse si *madame* Rosier representaba la mejor alternativa para Marie. Tal vez la pequeña tuviese algún familiar en el mundo, pero ¿cómo haría para encontrarlo?

Sacó también de debajo del colchón un rollo con doscientos mil francos, todo el dinero que había podido rescatar del incendio, y le dio la mitad a la mujer. Al principio la maestra se negó a aceptarlo, pero lo hizo ante su insistencia.

—¿Mi mamá te contó una historia para mí? —le preguntó Marie, limpiándose las lágrimas.

Paul pensó en los besos, en las caricias que a ambos les había robado la guerra. De alguna forma, esa pequeña desconocida le había permitido encontrarse a sí mismo. Gracias a ella, Paul era ahora una persona mejor.

Desconocía qué porvenir le esperaba a Marie, pero sabía que el futuro del mundo dependía de que los niños que habían sobrevivido a la guerra se desprendiesen del odio del que habían sido víctimas.

—Antes de morir, tu mamá me dijo: «Dile a Marie que la quiero».